いま、希望を語ろう

末期がんの若き医師が家族と見つけた「生きる意味」

ポール・カラニシ

田中文＝訳

When Breath Becomes Air

by Paul Kalanithi

早川書房

WHEN BREATH BECOMES AIR
by
Paul Kalanithi

Translated by
Fumi Tanaka
First published 2016 in Japan by
Hayakawa Publishing, Inc.
This book is published in Japan by
arrangement with
Corcovado, Inc.
c/o William Morris Endeavor Entertainment LLC.
through Tuttle-Mori Agency, Inc., Tokyo.

ケイディに

©Mark Hanlon / Stanford Medicine Magazine

死の中に生のなんたるかを探す者は、
それがかつては吐息だった空気だと知る。
新たな名は知られず、古い名は消え去る
時は肉体を終わらせるも、魂は終わらない
読者よ！　ならば生あるうちに時をつくれ、
永遠に向かい歩みながら
――ブルック男爵フルク・グレヴィル『シーリカ八三』

本書の内容は、実際に起きた出来事についてのカラニシ医師の記憶に基づいている。しかし本書に登場する患者の名前は――名前が書かれていた場合には――すべて変えてある。加えて、どの症例についても、患者本人を特定できるような事実――年齢、性別、民族、職業、家族関係、居住地、病歴、診断名――を変更した。一名の例外を除いて、カラニシ医師の同僚、友人、担当医の名前も変えてある。そうした名前などの変更によって、存命の方であれ、すでに亡くなられた方であれ、ある特定の人物を想起させるような点が生じたとしても、それはまったくの偶然である。

© Lucy Kalanithi
青年時代、著者は文学研究を志すが、やがて天職となる医学を選ぶ（第Ⅰ部前半）。

© Norbert von der Groeben/Stanford Healthcare
日夜、数十時間にわたる手術を行っていた日々（第Ⅰ部後半）。

目次

プロローグ

ウェブスターは死にとりつかれていて
皮膚の下に頭蓋を見ていた。
乳房《ちぶさ》のない女たちが地下で
のけぞる、唇のない嗤《わら》いを見せて。
——T・S・エリオット「霊魂不滅の囁き」

私はCT画像を次々と見ていった。診断は明らかだった。肺全体が無数の腫瘍に覆われ、脊椎は変形し、肝臓の一葉全体ががんに取って代わられていた。全身に転移したがん。私は脳神経外科の研修医《レジデント》で、研修期間の最後の年を迎えていた。この六年の研修のあいだに、患者を救えるなんらかの方法があるのではないかというごくわずかな期待を抱きながら、私はこのような画像を数多く見てきた。だが、今回はいつもとちがっていた。それは私自身の画像だった。

私は手術着の上に白衣を羽織ってレントゲン室のなかにいたわけではなかった。患者衣を着て、点滴ポールにつながれ、看護師が私の病室に置いてくれたパソコンを使っていた。となりには内科医である妻のルーシーがいた。私はまた最初から一連の画像を見直してみた。肺、骨、肝臓。訓練されたとおりに上から下へ、左から右へ、前から後ろへスクロールしながら。診断を変えるような発見があるかもしれないと期待してでもいるかのように。

私とルーシーは病院のベッドに並んで横になっていた。まるで台本を読むかのように、ルーシーは静かに言った。「何かべつの病気の可能性が少しでもあると思う?」

「いや」と私は言った。

私たちは若い恋人同士のようにきつく抱き合った。この一年、私の体内にがんができているのではないかとふたりとも心のどこかで心配してはいたが、そう信じようとはせず、それについて話そうともしなかった。

六カ月ほどまえに体重が減りはじめ、ひどい腰痛に悩まされるようになった。朝、服を着るときには、穴ひとつ分、やがてふたつ分、ベルトをきつく締めるようになった。私はスタンフォード大学のかつての同級生であるかかりつけの女性医師のもとを訪ねた。彼女の妹も医師だったのだけれど、脳神経外科のインターンだったころにたちの悪い感染症にかかって急死していた。そのこともあって、彼女はまるで母親のように私の健康を気遣ってくれていた。でもその日、私が彼女のオフィスに行ってみると、べつの医師がいた。同級生は産休にはいっていたのだ。

水色の薄い患者衣を着て、ひんやりとした診察台に坐り、私はその女性医師に自分の症状を説明した。「もちろん」と私は言った。「原因不明の体重減少と、最近発症した腰痛を訴える三五歳男性。これが専門医試験の問題なら、答は明らかに、（C）のがん、でしょうね。でも、ただの働きすぎという可能性もあります。どうでしょう。はっきりさせるために、MRIを撮りたいのですが」

「まずはX線検査でいいと思います」と彼女は言った。腰痛でMRIを撮ったら高くつくうえに、不要な画像検査を減らすというのが最近の国の医療費削減の重要な焦点になっていた。でも一方で、画像検査の価値は医師が何を探しているかで決まるというのも事実だった。たとえば、X線検査はがんを見つけるのにはほぼ役に立たない。しかしたいていの医師にとっては、このような初期段階でMRIをオーダーするというのは背信に近かった。彼女は続けた。「X線検査は感度が高いとは言えませんが、最初の検査としては理に適っていると思います」

「それでは、腰椎レントゲン機能撮影にしませんか？　普通に考えたら、脊椎分離すべり症の可能性がいちばん高いと思いますので」

壁の鏡に映った姿から、彼女がその病名をパソコンで検索しているのがわかった。

「椎弓《ついきゅう》の骨折。発生率は五パーセントくらいで、若者の腰痛の主な原因です」
「わかりました。それでは、オーダーしておきますね」
「ありがとう」と私は言った。

手術着を着ているときの私はあれほど強気なのに、なぜ患者衣を着ていると、ここまで弱腰になるのだろう？　実際のところ、腰痛に関しては私のほうが彼女よりも詳しかったというのに。脳神経外科医としての私の訓練の半分は脊椎・脊髄疾患に関するものだったからだ。でも分離すべり症のほうががんよりも可能性が高いのも事実だった。若者での発生率も高かった。それにくらべ、三〇代で脊椎にがんができる人の割合は？　一万人にひとりもいないはずだった。たとえそれよりも一〇〇倍確率が高かったとしても、分離すべり症の発生率を超えることはなかった。もしかしたら、私はただ怖《お》じ気《け》づいていただけだったのかもしれないが。

X線検査の結果は問題なかった。われわれは腰痛の原因は多忙と老化現象だと結論づけ、経過観察のための次回の受診日を決め、そして、私はその日最後の手術に戻った。やがて体重減少のスピードは緩やかになり、腰痛のほうも耐え難いほどではなくなった。適正な量の鎮痛薬《イブプロフェン》で一日を乗り切ることができるようになった。それに結局のところ、一四時間勤務の激務の日々もあと残りわずかだった。医学生から脳神経外科の教授へと向かう私の旅は終わりに近づいていた。一〇年におよぶ過酷な訓練を経てきた今、研修期間が終了するまでの残りの一五ヵ月をどうにか踏ん張ろうと私は決意していた。今ではもう上司から一目置かれる存在になっていて、名誉ある国内の賞をいくつか受賞してもいた。それに、複数の主要な大学から仕事のオファーを受けてもいたのだ。スタンフォード大学の脳神経外科プログラムの責任者からも、最近こう言われたばかりだった。「ポール、きみならどんな仕事に応募しても、第一候補になるだろう。参考までに言っておくと、うちの大学でも教員をひとり募集する予定なんだが、われわれが求めているのはきみのような人材なんだ。もちろん確約はできないが、考えてみてくれないか」

三六歳にして、私は山の頂にたどり着いていた。そこからはギレアド（ヨルダン川東の山岳地方）からエリコ（死海の北西部にある町）、そして地中海へと続く約束の地が見えた。地中海には私とルーシー、そして私たちの未来の子供たちが週末に乗る美しい双胴船が浮かんでいた。仕事のスケジュールが楽になり、ゆとりのある生活を送れるようになったなら、腰の痛みもきっと治るはずだと思った。自分はようやく、約束したとおりの夫になれるはずだ、と。

数週間後、ひどい胸痛に襲われた。仕事中にどこかにぶつけたのだろうか？　と思った。肋骨を骨折したのだろうか？　夜中にぐっしょり濡れたシーツの上で汗まみれで目を覚ますこともあった。体重がまた減りはじめた。今度は以前よりも急速に。八〇キロから六五キロになった。ひっきりなしに咳が出るようになった。小さな疑念がずっと消えなかった。ある土曜の午後、ルーシーと私はサンフランシスコのミッション・ドロレス公園で日光浴をしながら彼女の姉を待っていた。ルーシーが私の携帯電話の画面にふと目をやると、そこには医学データベースの検索結果が表示されていた――「三〇から四〇代のがんの発症率」。

「なんなの、それ？」と彼女は言った。「あなたがほんとうに心配しているなんて、知らなかった」

私は黙ったままだった。言葉が見つからなかった。

「そのことについてわたしに話す気はある？」と彼女は訊いた。

ルーシーが怒った理由は、彼女自身も心配していたからだ。そのことについて私が話そうとしなかったからだ。ある人生を約束しておきながら、べつの人生を彼女に与えてしまったからだ。

「どうして何も打ち明けてくれないの？　お願いだから、理由を教えて」と彼女は言った。

私は携帯電話をオフにして言った。「アイスクリームを買いにいこう」

翌週、私とルーシーは休暇を取ってニューヨークに住む大学時代の友人を訪ねる予定だった。カクテルを飲んで一晩ぐっすり眠れば、ふたりの関係も少しは改善するのではないかと私は期待していた。結婚生活の張り詰めた空気が少しはやわらぐのではないかと。

でもルーシーにはべつの計画があった。「あなたと一緒にニューヨークには行かない」旅行の数日前に、彼女はそう言った。一週間家を離れて、私たちの結婚についてひとりでじっくり考えたいからだと。その抑揚を欠いた口調のせいで、私のめまいはいっそうひどくなった。

「なんだって?」と私は言った。「そんな」

「あなたをすごく愛している。だからこそ、こんなに混乱しているの」と彼女は言った。「でも、わたしたちがふたりの関係に求めているものって、それぞれちがっている気がしてならないの。わたしたちは半分しか結びついていないという気がする。あなたの心配事を偶然知るなんて、わたしには耐えられない。淋しくてしかたがないってあなたに言っても、気にもしてくれないじゃない。今のわたしには気分転換が必要なの」

「何もかもうまくいくさ」と私は言った。「全部、研修のせいだ」

事態はそんなに深刻だったのだろうか？　あらゆる専門分野のなかで最も過酷で厳しい脳神経外科の研修が結婚生活の重圧になっていたのは確かだった。ルーシーがすでに寝たあとに帰宅しては、疲れはてて、そのまま居間の床に倒れ込んだ夜がどれだけあっただろう。ルーシーが目を覚ますまえの、まだ薄暗い時刻に家を出た朝がどれだけあっただろう。でも私たちはキャリアの絶頂に差しかかろうとしていたのだ。ほとんどの大学が私とルーシーのどちらも雇いたがっていた。脳神経外科で私を。内科でルーシーを。私たちは旅の最も困難な局面を生き抜いたのだ。これまでにも何度も話し合ってきたんじゃなかったか？　すべてを台無しにするのに、今ほど最悪の時期はないということがどうしてわからないんだ？　私の研修期間があとほんの一年で終わるということがどうしてわからないんだ？　私が彼女を愛していることが、ずっと求めていたふたりの人生にあと一歩のところまで近づいたということが？

「全部研修のせいなら、わたしにも乗り越えられる」と彼女は言った。「ここまでふたりでがんばってきたんだから。でも、研修だけが問題じゃなかったら？　脳神経外科の指導医になったらすべてがうまくいくなんて、本気で思っているの？」

　旅行は取りやめにしようと私は申し出た。もっとざっくばらんに話をしよう、数カ月前にきみが言っていた夫婦セラピストを訪ねよう。でもルーシーはしばらくひとりになりたいと言い張った。混乱の靄《もや》が消え、あとには気まずい空気だけが残った。わかった、と私は言った。彼女が出ていくことに決めたのなら、ふたりの関係はこれまでだろうと思った。もしがんを患っていることが判明しても、彼女には言わないつもりだった。どんな人生を選ぶにしろ、ルーシーは自由に生きればいいのだ。

　ニューヨークへ出発するまえに、若者に多いがんの可能性を除外するために、私はいくつかの診療科をひそかに受診した（精巣がん？　ちがった。悪性黒色腫？　ちがった。白血病？　ちがった）。脳神経外科の仕事は相変わらず忙しかった。巨大脳動脈瘤、脳動脈バイパス術、脳動静脈奇形といったきわめて複雑な症例が続き、手術室に三六時間こもりっきりだった。木曜の夜が継ぎ目もなく金曜の朝に変わっていった。指導医がやってきて、壁に背をもたせかける時間を数分与えてくれたときには、私は声に出さずに感謝の言葉をささやいた。胸部X線写真を撮るタイミングは帰り際しかなかった。そのあとで自宅に立ち寄り、すぐに空港に向かう予定だった。もしがんなら、友人に会えるのはこれが最後になるだろうし、もしがんではなかったなら、旅行をキャンセルする理由はなかった。

私は鞄を取りに急いで家に帰った。ルーシーが車で空港まで送ってくれ、夫婦セラピーの予約を入れたと言った。

私はゲートからルーシーに携帯メールを送った。「きみも一緒ならよかったのに」

数分後、返信があった。「愛してる。わたしはどこにも行かないから」

飛行機に乗っているあいだに、背中のこわばりがひどくなった。友人宅のある州北部に向かう電車に乗ろうとグランド・セントラル駅に着いたころには、全身に波打つような痛みが広がっていた。ここ数カ月、激しさの異なるさまざまな腰痛発作に襲われてきた。無視できる痛みから、途中で会話を止めて歯を食いしばらなければならないような痛み、さらには、床の上で体をまるめて叫び声をあげずにはいられない痛みまで。だが今回の痛みは、それまで経験したことがないほど深刻だった。私は待合エリアの固いベンチに横になった。鎮痛薬《イブプロフェン》は効いていなかった。背筋がねじ曲がるように感じながら、痛みをコントロールするために深呼吸し、涙をこらえるために痛みが生じている筋肉の名前をひとつひとつ挙げていった。脊柱起立筋、菱形筋《りょうけい》、広背筋、梨状筋《りじょう》……

警備員が近づいてきて声をかけた。「ここに横にならないでください」

「すみません」と私は喘ぎながら答えた。「背中が……背中が……痛くて」

「それでも、横にならないでください」

〝すみません、でも、がんで死にかけているんです〟

そう口から出かかった。でも、もしちがったら？　ひょっとしたら、腰痛持ちの人がずっとつき合っていかなければならない痛みというのはこれなのかもしれない。私は腰痛については詳しかった。解剖学も、生理学も、さまざまな痛みを描写するのに患者が使ういろんな言いまわしも知っていたけれど、どんな感じなのかは知らなかった。つまり、こういう痛みなのかもしれない。ひょっとしたら。いや、私は単に不運を寄せつけたくなかっただけなのかもしれない。がんという言葉を声に出して言いたくなかっただけなのかもしれない。

どうにか起き上がり、よろけるようにプラットフォームへ歩いていった。

マンハッタンの北八〇キロに位置するハドソン川沿いの街、コールド・スプリングの友人宅に着いたのは夕方近くのことで、長年親しくしている一〇人ほどの友人に迎えられた。彼らの歓迎の言葉に、幼い子供たちのにぎやかな声が混じっていた。抱擁が続き、よく冷えたカクテルを手渡された。

「ルーシーは？」

「急に仕事がはいってね」と私は言った。「ぎりぎりのタイミングで」

「それは残念！」

「ところで、鞄を置いたら、少し休ませてもらってもいいかな？」

数日間手術室を離れて睡眠と休息をしっかり取り、充分にくつろいだなら——要するに、ごく普通の生活を味わったなら——私の症状も普通の腰痛と普通の疲労に落ちついてくれるのではないかと期待していた。でも二日ほど経った時点で、小康状態は訪れないことがわかった。

朝食の時間になっても起きられなかった。昼食のテーブルまでよろよろと歩いてはいくものの、豆の煮込み《カスレ》やカニの脚などが盛りつけられたいくつもの皿をまえにしてもどうしても食べる気になれず、ただ皿をじっと見つめていた。夕食のころにはすでに疲れはてていて、すぐにもベッドに潜り込みたい気分だった。ときどき子供たちに本を読んであげることもあったけれど、子供たちはたいてい、私の体の上やまわりで跳びはねたり、叫んだりしながら遊んでいた（「きみたち、ポールおじさんはちょっと休まなくちゃならないんだ。あっちで遊んでくれないかな？」）。

一五年前のある休日にサマーキャンプの指導員をしたときのことを思い出した。そのとき私は北カリフォルニアの湖畔に坐って『死と哲学』という本を読んでいて、まわりでは陽気な子供たちのグループが私を障害物にしてキャプチャー・ザ・フラッグというややこしいゲームをしていた。そのときのいかにも不調和な光景を思い出して、私はよく笑ったものだ。木々と、湖と、山々のつくり出す雄大な景色のなかで、小鳥のさえずりと楽しげな四歳児たちの甲高い声に包まれながら、二〇歳の青年である私は死について書かれた小さな黒い本に夢中になっていたのだ。そして今初めて、まさにこの瞬間に、私はあのときと同じ感覚を味わっていた。タホ湖の代わりがハドソン川だった。子供たちは他人の子供ではなく、友人の子供だった。私と周囲の生命とを隔てるのは死についての本ではなく、私自身の死にゆく体だった。

　三日目の夜に、ホスト役のマイクと話をし、途中で滞在を切り上げて明日家に帰るつもりだと告げた。

「あまり体調がよくなさそうだけど」と彼は言った。「大丈夫かい？」

「スコッチを持って、ちょっと坐らないか」と私は言った。

　彼の家の暖炉のまえで、私は打ち明けた。「どうやらがんになったみたいなんだ。おまけに、たちのいいものでもなさそうなんだ」

　口に出して言ったのはそれが初めてだった。

「そうか」と彼は言った。「手の込んだいたずらというわけではないんだね？」

「ちがう」

彼は黙った。「何を訊いていいかわからないよ」

「その、断っておくと、がんになったということを事実として知っているわけじゃないんだ。ただ、いくつもの症状を考え合わせてかなり強く確信しているだけで。明日、家に帰って、はっきりさせようと思っている。思いちがいだといいんだけど」

私が運ばなくてもいいように、マイクは旅行鞄を家に送り届けると申し出てくれた。翌朝早く、彼は私を空港まで送ってくれ、六時間後、飛行機はサンフランシスコに着陸した。飛行機から降りたところで携帯が鳴った。かかりつけ医が胸部X線の結果を知らせようとかけてきたのだった。私の肺はまるでカメラの絞りを長いこと開きっぱなしにしたかのようにぼやけていると彼女は言った。そして、それが何を意味しているのかははっきりとはわからないけれど、と付け加えた。

おそらく、彼女にはわかっていた。

私にもわかっていた。

ルーシーが空港まで迎えにきてくれたが、私は家に着くまでその話をしなかった。ふたりでカウチに坐り、私が切り出すと、ルーシーはすでに知っていた。彼女は私の肩に頭をのせた。ふたりのあいだの距離が消えた。

「僕にはきみが必要だ」と私はささやいた。

「ずっとそばにいる」と彼女は言った。

私は同じ病院の脳神経外科の指導医である親しい友人に電話をかけ、入院させてほしいと頼んだ。

患者全員が手首につけるプラスティックの識別バンドを受け取り、見慣れた水色の患者衣を着て、名前を知っている看護師たちの脇を通り過ぎ、私は病室にはいった。長年のあいだ、私自身が何百人もの患者を診察してきた病室だ。この部屋で患者に向き合って坐り、末期の病気や複雑な手術について説明してきた。この部屋で患者の病気の治癒を祝い、もとの生活に戻れる喜びにあふれた患者の顔を眺めてきた。この部屋で患者の死を宣告してきた。椅子に坐り、シンクで手を洗い、ホワイトボードに指示を書き、カレンダーを替えてきた。疲労困憊《こんぱい》しているときには、このベッドに横たわって眠りたいと心底思ったものだ。私は今、このベッドに横になっていた。少しも眠くはなかった。

初対面の若い看護師が顔を覗かせた。

「もうすぐ先生がいらっしゃいます」

その言葉とともに、私が思い描き、努力を重ね、あと少しで実現するところだった未来が消滅した。

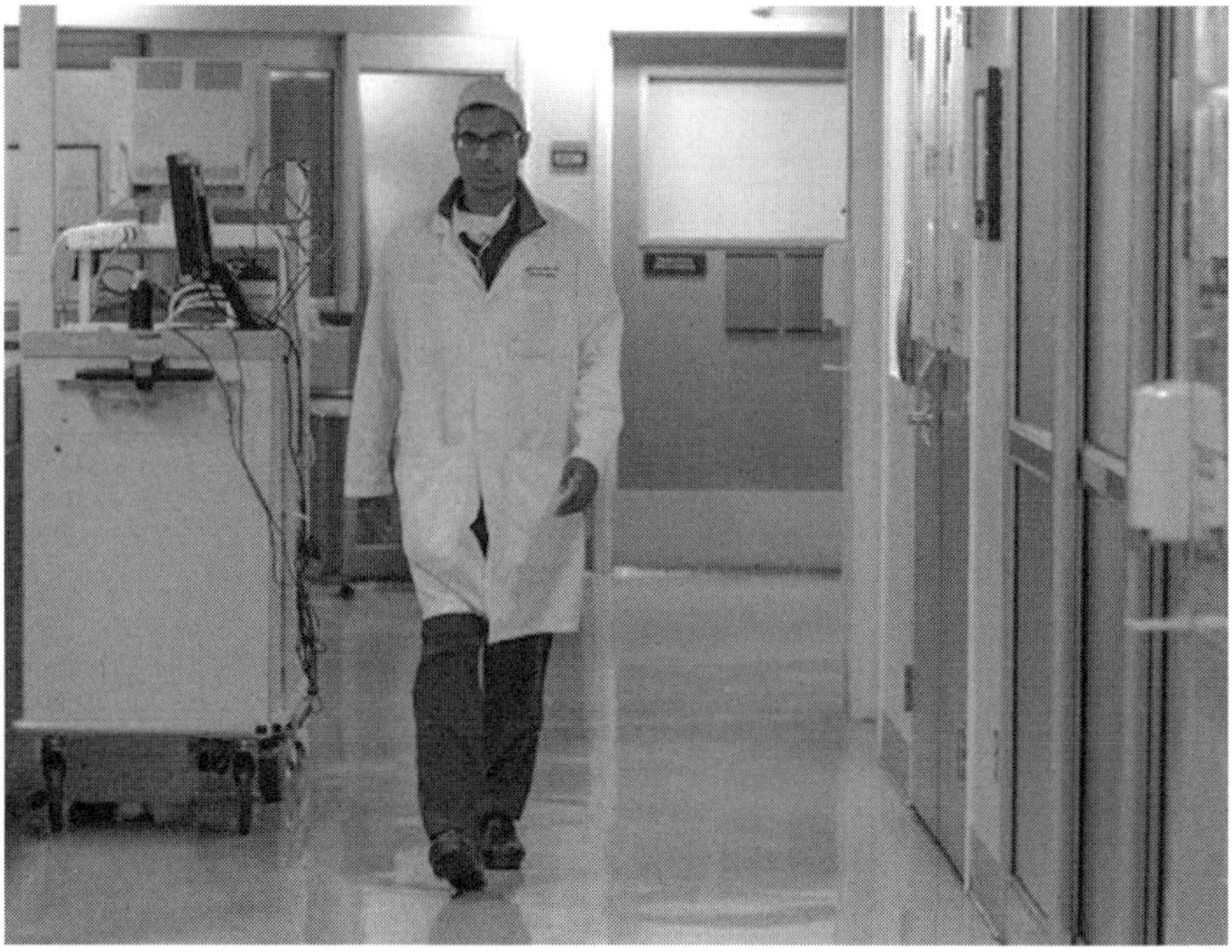

© Norbert von der Groeben / Stanford Healthcare

courtesy of Lucy Kalanithi
ポールとルーシーはメディカル・スクールで出会った。「人を愛することのできる彼女の能力ははてしなく、私に多くを教えてくれる。」（第Ｉ部後半）

第一部　旅立ちのとき、私は健康そのものだった

主の手がわたしの上に臨んだ。わたしは主の霊によって連れ出され、ある谷の真ん中に降ろされた。そこは骨でいっぱいであった。

主はわたしに、その周囲を行き巡らせた。見ると、谷の上には非常に多くの骨があり、また見ると、それらは甚だしく枯れていた。

そのとき、主はわたしに言われた。「人の子よ、これらの骨は生き返ることができるか。」


——『旧約聖書』エゼキエル書（三七章一〜三節）

自分は医師にはならないと確信していた。私はわが家の真上にそびえる砂漠の台地に寝そべり、陽だまりのなかでくつろいでいた。うちの親戚には医師が多いのだけれど、その日、やはり医師の叔父が、もうすぐ大学に向けて旅立つ私に「将来はどんな仕事をするつもりか」と尋ねてきた。でも私はその質問をほとんど気に留めなかった。どうしても答えろと言われたなら、作家と答えたと思うが、正直言って、どんな仕事にしろ、その時点で将来の仕事について考えるなんてばかげていると思ったのだ。あと数週間で私はこの小さなアリゾナの町を離れることになっていたが、自分はキャリアの階段をのぼりつつある人間というよりも、重力圏から脱出できる速度を獲得しつつある電子だという気がしていた。きらめく未知の宇宙に向かって今まさに飛び出そうとしている電子だ。

陽の光と思い出に浸りながら土の上に寝そべっていると、新しい住処となるスタンフォードの大学寮と、そこにあるはずの輝く未来から一〇〇〇キロほど離れた人口一万五〇〇〇人のこの町がどんどん小さくなっていくように感じられた。

私は医学というものを、不在という形でしか知らなかった。とりわけ、子供のころの父の不在という形だ。父は夜明けまえに病院に出かけていき、日がとっぷりと暮れたころに帰ってきて、温め直した夕食を食べた。父は一四歳、一〇歳（私）、八歳の三人息子である私たちを連れてマンハッタンのすぐ北に位置するこぢんまりとした高級住宅街ブロンクスビルからアリゾナ州のキングマンに引っ越した。ふたつの山脈に囲まれた砂漠の渓谷にあるその町は、外部の人間には主にどこかに天然ガスを運ぶための中継地点として知られていた。陽射しと、安い生活費（父の熱望する大学に息子たちを行かせる手段がほかにあっただろうか？）、さらには地元に循環器内科を開業する機会に父は惹かれたのだった。患者への揺るぎない献身のおかげで、父はすぐに地域の一員として尊敬されるようになった。夜遅くや週末などに私たちが会う父は、優しい愛情と、厳しく独断的な口調と、抱擁とキス、そして頑固な意見の混合物のような人だった。「いちばんになるのはたやすいことだ。いちばんの人間を見つけて、その人間よりも一点高い点を取ればいいのだ」。父は心のなかで、ある妥協点に達したようだった。父親業というのは凝縮できる。短く密度の濃い、しかし純粋で集中的な取り組みは……それがなんであれ、ほかの父親がしていることと同等になりうるのだと。私にわかったのは、それが医学の代償だとしたら、あまりに高すぎる代償だということだけだった。

私のいる砂漠の台地から自宅が見えた。自宅は町のちょうど外れのセバット山脈のふもと、メスキートと回転草と櫂《かい》の形をしたサボテンが点在する赤い砂の砂漠のなかにあった。塵旋風がなんの前触れもなく巻き起こっては視界をぼやけさせ、そしてさっと消えた。空間はどこまでも広がり、はるか彼方に溶けていった。うちの二匹の犬、マックスとニップが自由を持て余すことはなかった。二匹は毎日、見知らぬ場所へ行っては、新しい砂漠の宝物を持ち帰った。鹿の脚、あとで食べるために取っておいたジャックウサギの残り、太陽で漂白された馬の頭蓋骨、コヨーテの顎の骨。

私と友人たちもまた自由を愛し、午後にはめったに見つかることのない砂漠の小川や、骨などを探して歩きまわったり、あちこち探検したりした。引っ越してくるまえには街路樹の並ぶ大通りと一軒の菓子屋のある、樹木の多い北東部の郊外に住んでいたせいもあって、風の吹き抜ける荒涼とした砂漠はいかにも新鮮で、魅力的に感じられた。一〇歳のころに初めてひとりで散策に出かけたときに、古い灌漑《かんがい》用の格子蓋を見つけた。指で蓋をこじ開けて持ち上げ、中を覗くと、私の顔の数センチ向こうに光沢のある白いクモの巣が三つかかっていた。黒光りする膨れた体のクモがそれぞれの巣の上をひょろ長い脚で歩きまわっていて、その光沢のある体にはあの恐るべき赤と黒の砂時計模様があった。どのクモのそばにも脈打つ白い卵嚢《らんのう》があり、無数のクロゴケグモの誕生を間近に控えて呼吸していた。私はあまりの恐怖に蓋を落とし、よろけるように後ずさった。クモのいかにも獰猛な様子と、黒光りする体と、赤い砂時計模様が〝田舎の言い伝え〟(クロゴケグモに嚙まれたら、たちまち死ぬ)と合わさって、私に恐怖をもたらしたのだ。私はそれから何年も悪夢に悩まされることになった。

砂漠は恐怖の神殿のようなものだった。タランチュラ、コモリグモ、ドクイトグモ、バークスコーピオン、サソリモドキ、ムカデ、ヒシモンガラガラヘビ、ヨコバイガラガラヘビ、モハベガラガラヘビ。やがて私たちはそうした生き物に慣れてきたし、気安さを感じるまでになった。友だちと一緒にコモリグモの巣を見つけると、私たちはふざけて巣の端っこにアリを一匹落とし、絡まる糸から逃れようとアリがもがくにつれて巣が揺れ、その振動がクモの潜む真んなかの暗い穴へと伝っていく様子を眺めた。コモリグモが穴からいきなり現れて不運なアリを大顎で捕まえる決定的瞬間を今か今かと待ちながら。〝田舎の言い伝え〟は私にとって、都市伝説の田舎版になった。初めて言い伝えを聞いたときから、砂漠の生き物たちは私のなかで架空の力を持ちはじめ、たとえば、アメリカドクトカゲ《ギラ・モンスター》はまるでギリシャ神話に登場する醜い女の怪物ゴルゴンみたいな本物の怪物のように感じられた。砂漠で暮らしてしばらく経ってからようやく、ジャックウサギとレイヨウの交配種であるジャッカロープは存在するといったような田舎の言い伝えは都会の人たちを困惑させ、地元の人たちを面白がらせるために意図的にこしらえられたものだということを知った。私自身もベルリンからやってきた交換留学生たちに一時間もかけて信じ込ませようとしたことがある。「そうなんだよ、コヨーテのなかには実際にサボテンのなかで暮らす特別な種があって、いざ獲物（たとえば、そう、疑うことを知らないドイツ人とかね）を攻撃する段になると九メートルも跳べるんだ」といった具合に。だが渦巻く砂のどこに真実があるのかは、誰も正確には知らなかった。ばかげているように思えるどの言い伝えにも信頼できそうな、真実だと思える部分が含まれていたからだ。たとえば「靴を履くときには必ずサソリがなかにいないか確かめるべし」といったような言い伝えはとても気が利いているように思えた。

　一六歳のころには、弟のジーパンを車で学校に送っていくのが私の役目ということになっていた。ある朝、いつものように遅刻しそうになっていると、ジーバンが玄関広間からいらいらした声で叫んだ。兄さんがぐずぐずしているせいでまた居残りするはめになるなんてごめんだ、頼むから急いで。私は階段を駆けおり、玄関ドアを開け……あと少しで、一・八メートルのガラガラヘビを踏みそうになった。戸口でガラガラヘビを殺したら、勇者ベオウルフに復讐する怪物グレンデルの母のように、つがいの相手と子がやってきてそこに永久に巣をつくるという田舎の言い伝えがあった。そこで私とジーバンは藁でくじ引きをして、あたったほうはシャベルを持ち、はずれたほうは庭仕事用の分厚い手袋をして枕カバーを持ち、ふたりして大真面目ながらもいかにも滑稽な様子で、ヘビをどうにか枕カバーのなかに入れた。それから私はオリンピックのハンマー投げの選手よろしく枕カバーごと砂漠に放り投げた。母に怒られるとまずいので、枕カバーはその日の午後に回収する計画だった。

子供のころには多くの謎があったが、いちばんの謎は、なぜ父はアリゾナ州の砂漠の町キングマンなんてところに家族を連れて引っ越そうと決意したのかという点ではなかった。父はどうやって母を説得したのか。そっちのほうが謎だった。若き日の父と母は恋に落ち、南インドからニューヨークへと地球を横断して駆け落ちしたのだが（父はキリスト教徒で、母はヒンドゥー教徒だったために、ふたりの結婚はどちらの家からも非難され、両家は長年のあいだ仲たがいしたままだった。母はポールという私の名前を絶対に認めようとせず、スディールというミドルネームで呼ぶべきだと言い張った）、今度はアリゾナへやってきて、その地で母はヘビに対するどうにもならない恐怖心と向き合うことになったのだ。最も小さく、最も可愛らしく、最も害のないナミヘビ科のアメリカレーサーですら、もし遭遇しようものなら、母は悲鳴をあげながら家に飛び込んでドアというドアに鍵をかけ、いちばん近くにある大きくて鋭い道具――熊手、肉切り包丁、斧――で武装した。

母にとってヘビはつねに不安の種だったが、なにより心配していたのは子供たちの将来だった。兄のスーマンは引っ越してくるまえにエリート大学への進学率の高いウエストチェスター郡の高校課程をほぼ修了していて、キングマンに着いてほどなくスタンフォード大学に合格して家を出た。でもやがて、キングマンはウエストチェスターではないということが判明する。モハーヴェ郡の公立学校制度について調べたあと、母はひどく動揺した。アメリカ合衆国国勢調査局の最近の報告によれば、キングマンはアメリカで最も教育水準の低い郡であり、高校中退率は三〇パーセント以上に達していたのだ。大学に進学する者はほとんどおらず、当然のことながら、父にとっての優秀な大学の基準であるハーバード大学に行く者など皆無だった。母は東海岸の裕福な郊外に住む友人や親戚に電話をかけて助言を求めたが、同情してくれる人もいれば、高度な教育の機会をいきなり奪われたカラニシ家の子供たちと、自分の子供たちがもはや競わなくてよくなったと知って上機嫌になる人もいた。

夜になると母は泣きだし、ベッドのなかでひとりすすり泣いていた。貧弱な学校制度が子供たちの将来の妨げになるのを心配し、どこからか『大学入学準備用読書リスト』を手に入れてきた。インドで生理学者になるためのトレーニングを受けたものの、二三歳で結婚し、見知らぬ国で三人の子供を必死で育てていた母自身は、リストに挙がっている本の多くを読んだことがなかった。でも母は、子供たちから教育の機会を奪ったりはしないと決意していた。私が一〇歳のころ、母は私に『一九八四年』を読ませた。セックス描写には衝撃を受けたものの、その本は私に、言語への深い愛と関心を植えつけた。

私たちはリストの本を順番どおりに読んでいった。本と作家がどこまでも続いた。『モンテ・クリスト伯』、エドガー・アラン・ポー、『ロビンソン・クルーソー』、

『アイヴァンホー』、ゴーゴリ、『モヒカン族の最後』、ディケンズ、トウェイン、オースティン、『ビリー・バッド』……。一二歳のころには自分で本を選ぶようになり、兄のスーマンが大学で読んだ本を送ってくれるようにもなった。『君主論』、『ドン・キホーテ』、『カンディード』、『アーサー王の死』、『ベオウルフ』、ソロー、サルトル、カミュ。少なからぬ影響を受けた本もあった。オルダス・ハクスリーの『すばらしい新世界』がそのひとつで、育《はぐく》まれつつあった私の道徳哲学の土台となったうえに、大学入試のエッセイのテーマともなり、そのエッセイのなかで私は、幸福は人生の意味ではないと論じた。私を幾度となく導き、思春期の危機を乗り越えさせてくれたのが『ハムレット』だった。アンドリュー・マーヴェルの『はにかむ恋人へ』をはじめとするロマンティックな詩の影響で、高校時代の私は友人と一緒に数々の楽しい失敗をした。夜中にこっそり抜け出しては、チアリーディング・チームのキャプテンの部屋の窓の下で『アメリカン・パイ』を歌ったりした（彼女の父親は地元の司祭だったから、まさか撃ってはこないだろうと私たちは踏んでいた）。ある日の明け方、私がそんな夜中の冒険から戻ってきたところを見つけた母は不安に駆られ、ティーンエージャーが手に入れそうなあらゆるドラッグについて私を取り調べた。でも、私にとってなによりも強力なドラッグは実のところ、先週母に渡されたロマンティックな詩の本だったとはみじんも疑っていなかった。本は私のいちばんの親友だった。世界の新しい風景を見せてくれる、研ぎ澄まされたレンズだった。

子供たちに必ずやしっかりとした教育を受けさせるという目標のもとに、母は私たちを車に乗せて一六〇キロ北にある最寄りの大都市、ラスヴェガスまで行き、大学進学適性試験やその予備試験を受けさせた。教育委員会の一員となり、教師を呼び集めたり、大学教養課程レベルの授業をカリキュラムに加えるよう要求したりした。母は非凡な人だった。キングマンの学校制度を改革するという役目を買って出て、そして実際にやってのけたのだから。町を囲むふたつの山脈は境界線なんかじゃないのだ、世界はもっと広いのだ。私たちの高校の誰もがいきなり、そう感じはじめた。

三年生のとき、卒業式で挨拶をすることになっていた学年で最も貧しい家の息子であるレオが、進路指導の先生からアドバイスを受けた。「きみは優秀だから、軍隊にはいるといい」

レオはあとになって、その話をしてくれた。「くそくらえだ」と彼は言った。「おまえがハーバードかイェールかスタンフォードに行くんなら、おれだって行ってやる」

レオがイェール大学に受かったとき、私は自分がスタンフォード大学に受かったときと同じくらいうれしかった。

　三年生の夏が終わり、友だちがそれぞれの大学に散ってしまったあと、私はひとり残された。スタンフォード大学はほかの大学よりも一カ月遅く授業が始まるためだった。午後はたいていひとりで砂漠を散策し、昼寝をしたり考え事をしたりしながらガールフレンドのアビゲイルがキングマン唯一のコーヒーショップでの仕事を終えるのを待った。山を抜けて町へ行くには砂漠を歩いたほうが近道だったし、それに、歩いたほうが車で行くよりも楽しかった。アビゲイルは二〇代前半のスクリップス大学の学生で、ローンを避けたいという思いから、授業料を貯めるために一学期間休学していた。私は彼女の世慣れた感じや、大学でしか学べないような秘密を知っているという感じ（専攻は心理学だった！）に惹かれていて、彼女の仕事のあとでよくふたりで会っていた。アビゲイルは私にとって、あと数週間で始まる秘密の世界の先駆者だった。ある午後、昼寝から目を覚まして空を見上げると、コンドルが頭上を旋回していた。私を死肉と見まちがえたらしかった。腕時計を見ると三時近く、約束に遅れそうだった。私はジーンズについた砂を払い、砂漠のなか、残りの距離を駆けていった。やがて砂が舗装道路になり、最初のビルが現れた。角を曲がると、アビゲイルがいた。手にほうきを持ち、コーヒーショップのテラスを掃いていた。

「もうエスプレッソ・マシーンを洗っちゃったから、今日はアイスラテはなしね」と彼女は言った。

床がきれいになると、われわれは店のなかにはいった。アビゲイルはレジのところへ行き、隠してあったペーパーバックを手に取った。「ほらこれ」と言って、私に放った。「読んでみるといい。つまらないハイカルチャー本ばかり読んでいるけど、たまには低俗な本でも読んでみれば？」

それは、ジェレミー・レヴェンの書いた『サタン――不運なドクター・カスラー、J・S・P・Sによる心理療法と治療』という題名の五〇〇ページほどの小説だった。私はその本を家に持ち帰り、一日で読んだ。ハイカルチャーでないことは確かだったし、笑えるはずなのに、笑えなかった。でもその本は、心というのは脳の働きにすぎないとさりげなく想定していて、私はその考えに衝撃を受けた。世界についての私の未熟な理解が揺さぶられた。もちろん、それは真実にちがいなかった。さもなければ、われわれの脳は何をしているというのか？　私たちは自由な意志を持ってはいるが、生物でもあった。脳は臓器であり、あらゆる物理学の法則にしたがってもいるのだ！文学は生きる意味について豊かに記述していた。だが脳こそが、意味というものをなんらかの方法でもたらしている仕掛けだったのだ。まるで魔法のようだった。その夜、私は自分の部屋で、もう何十回も目をとおしていたスタンフォード大学の赤いコースカタログを開き、ふたたび蛍光ペンを手に取った。そして、すでに印をつけていた文学の授業のほかに、生物学と脳科学の授業についても読みはじめた。

数年後、自分の将来について深く考えることもないままに、私は英文学とヒト生物学の学士号をあと少しで取得するところまで来ていた。私を駆り立てていたのは学士号よりも、理解したいという熱い思いだった。何が人生を意味のあるものにするのか？　私は依然として、脳の最も洗練された働きを規定しているのは脳科学だが、心豊かな人生についていちばんうまく説明しているのは文学だと感じていた。そして、人生の意味というのはとらえがたい概念だけれども、人間関係や倫理観と深く絡み合っているように思えた。意味のなさを孤独に、そして、人との絆を求める必死の試みに関係づけたT・S・エリオットの『荒地』が、私の心の奥深くにこだまし、エリオットの隠喩が自分の言語に沁み入るのを感じた。私の心にこだました作家はほかにもいた。たとえばナボコフ。人は苦しむほど他人の苦しみに対して無感覚になることに彼は気づいていた。そしてコンラッド。人間同士の誤解が人生に多大な影響を与えることを、彼は研ぎ澄まされた感覚で悟っていた。文学というのはある人間の人生を照らし出すだけでなく、道徳的な熟考のためのきわめて豊かな題材を提供しているのだと私は思った。少しのあいだ分析哲学の堅苦しい倫理体系にも足を突っ込んでみたけれど、そうしたものはずいぶん干涸《ひから》びているように感じられた。本物の人生の混乱と重みを欠いているように思えたのだ。

人生の意味についての禁欲的で学究的な研究をしたいという思いと、まさにその意味を生み出すような人間関係を結んだり強めたりしたいという衝動とが大学時代をとおしてぶつかり合うことになった。ソクラテスが言うように、吟味されざる生に生きる価値がないのだとしたら、生きざる生は吟味する価値があるのだろうか？　二年生の夏が近づくころ、私はふたつの仕事に応募した。アトランタにある先端科学研究所、ヤーキス国立霊長類研究センターのインターンと、シエラ・キャンプ場でのシェフの手伝いだ。シエラ・キャンプ場はスタンフォード大学の同窓生が家族で休暇を過ごすための場所で、フォールン・リーフ湖畔の手つかずの自然のなかにあった。すぐとなりにはエルドラド国立森林公園の荒涼とした美しい野生保護区があり、キャンプ場のチラシはただひと言「人生最高の夏」と約束していた。採用されたときには驚いたと同時にうれしかったものの、ちょうどそのとき私は、マカク（アジア、北アフリカに分布するオナガザル科マカク属のサルの総称。ニホンザルも含まれる）が初歩の文化を持つという事実について学んだばかりで、ヤーキス研究センターで人生の意味の起源をこの目で確かめたいという衝動に駆られてもいた。つまり、意味を勉強するか、それとも経験するか、そのどちらかで悩んでいたというわけだ。

　できるだけ長く決断を引き延ばしたあと、結局、キャンプ場を選んだ。その決断を伝えるために、私は生物学の指導教授のオフィスに立ち寄った。私がはいっていくと、教授はいつものように机に向かって熱心に学術雑誌を読んでいた。重たげな瞼をした、いつもはおだやかで友好的な人物だったのだが、私が自分の計画を告げたとたん、豹変した。目をきっと見開いて顔を紅潮させ、唾を飛ばして言った。

「なんだと？　きみは科学者になりたいのか？　……それとも、シェフなんぞに？」

　ついに学期が終わり、私は風の強い山道をキャンプ場に向かっていた。自分はまちがった選択をしてしまったのではないかとまだ少し不安だったが、そんな心配が長く続くことはなかった。キャンプ場は期待どおりの、青春の牧歌を余すところなく凝縮したような場所だった。湖も、山も、人々も美しく、経験と、会話と、友情があふれていた。満月の夜には、月光が大自然を明るく照らし、ヘッドランプなしでもハイキングができた。われわれは午前二時に出発し、夜が明ける直前にいちばん近いタラック山の頂上にたどり着いた。眼下には澄みわたった星空を映した静かな湖が広がっていた。標高三〇〇〇メートル近い山頂で寝袋にはいって身を寄せ合い、誰かが気を利かせて持ってきたコーヒーを飲みながら、身を切るような冷たい風をしのいだ。そして、わずかに青みがかったかすかな陽の光が東の地平線から現れ、星々をゆっくりと消していくさまを眺めた。やがて明るい空が広く高く広がって最初の陽射しが降り注ぎ、遠くのサウス・レイク・タホ通りが朝の通勤ラッシュで混みはじめた。でも首をうしろにまわすと、青い残光が空を半分暗くしたままで、西の空では夜がいまだ征服されずに残っていた。漆黒の空には星が明るくきらめき、満月が夜空に貼りついたままだった。東を見れば、昼間の明るい陽射しが目に眩しかったものの、西の空では夜がいまだ降参する気配もなく居坐っていたのだ。どんな哲学者の説明よりも、昼と夜のあいだに立っていたその瞬間のほうが、崇高という言葉をうまく説明していた。今こそ神が「光あれ!」と言った瞬間なのだという気がした。自分という存在は広大な山と、地球と、宇宙のなかの一点でしかないという感覚にいやおうなしにとらえられながらも、それと同時に、斜面をしっかりと踏みしめている自分自身の両足を感じ、雄大な景色のなかの自分の存在を再確認していた。

これはシエラ・キャンプ場での夏のことで、もしかしたらどのキャンプ場も似たようなものかもしれないが、とにかく毎日が生命に、そして人生を意味あるものにする人間関係に満ちているように感じられた。夜になると、われわれは時々ダイニングルームのテラスに陣取って、キャンプの副主任のモーと一緒にウイスキーを飲みながら、文学についてや、青年期の人生といったような重要なテーマについて語り合った。スタンフォード大学の卒業生であるモーはそのとき英文学の博士課程を休学中だったのだが、翌年には博士課程に戻り、その後、初めて出版された自身の短篇を送ってくれた。われわれが一緒に過ごした時間について書かれた短篇だった。

今、突然、自分が何を求めているのかを知る。キャンプの指導員たちに薪《たきぎ》の山をこしらえてほしいのだ……そして、私の灰を下に落とさせ、砂に混じらせてほしいのだ。私の骨は流木のあいだに消え、歯は砂のなかに消える……私は子供たちの知恵も、老人の知恵も信じてはいない。経験の集積が生の細部によってすり減る瞬間がある。そんな転換点がある。この瞬間を生きている今こそ、われわれは最も賢明なのだ。

秋学期が始まっても、私はサルに会いたいと思わなかった。人生は豊かで充実していて、その後の二年間も、私はあきらめることなく、心豊かな人生について深く理解しようと努力した。人生を意味あるものにするのはなんなのかを知るために文学と哲学を学び、生きる意味を見いだせるような生物体を脳がどのように生み出しているのか知るために機能的MRIの研究室で働き、仲のいい友人たちとばかなことをやっては友情を深めた。モンゴル人の恰好をして大学のカフェテリアに押しかけたり、偽の友愛会をつくったり（大学生協の建物で、偽の新入生入会募集イベントまでやった）、ゴリラの着ぐるみを着てバッキンガム宮殿のまえでポーズを取ったり、真夜中にスタンフォード大学記念教会に忍び込んで仰向けになり、後陣にこだまする自分たちの声に耳をすましたり（ヴァージニア・ウルフがアビシニアンの恰好で戦艦に乗ったということをあとで知って、私はすっかり神妙になり、自分たちのささやかな悪ふざけを自慢するのをやめた）。

四年生のときに、脳科学の最後の講義のひとつ「脳科学と倫理」という授業の一貫で、私たちは重度の脳障害の患者のための施設を訪ねた。受付エリアにはいった私たちを悲痛な泣き声が迎えた。愛想のいい三〇代の案内役の女性が自己紹介を始めたが、私の目は泣き声の主を探しつづけた。受付カウンターのうしろには大型スクリーンのテレビがあって、消音でメロドラマを流していた。画面には褐色の髪をきれいにセットした青い目の女性が映っていて、感情を高ぶらせて頭をわずかに振りながら、カメラには映っていない誰かに向かって懇願していた。ズーム・アウト。今度は角張った顎の、太くしゃがれた声の持ち主にちがいない恋人が画面に現れ、ふたりは情熱的に抱き合った。泣き声がいっそう高くなった。カウンターに近づいて下を覗くと、テレビのまえの青いマットの上に、平凡な花柄のワンピースを着た二〇代の若い女性が坐り、拳にした両手を目に押しあてながら体を激しく前後に揺らしてわんわん泣いていた。体を揺らした瞬間に女性の後頭部がちらりと見えた。髪がすり切れてなくなり、青白い頭皮が広くむき出しになっていた。

私はうしろに下がり、施設の見学に出発しようとしている仲間に加わった。案内役の女性と話しているうちに、患者の多くは子供のころに溺死しかけた経験を持つことを知った。まわりを見渡しても、私たち以外に訪問者はいなかった。いつもこんなふうなんですか？　と私は尋ねた。

家族は最初のうちは絶えずやってきます、と女性は説明した。毎日、ときに日に二回も。それがやがて一日おきになって。それから週末だけになって。数カ月か数年が経つころには訪問はさらに減って、そうですね、誕生日とクリスマスだけになります。

最終的にはほとんどの家族が引っ越してしまいます。できるだけ遠くに。

「家族を責めるつもりはありません」と女性は続けた。「この子たちの世話をするのは大変ですから」

怒りがこみ上げてきた。大変？　もちろん、大変だろう。でも、なぜわが子を見捨てることができるんだ？　ある部屋ではまるで兵舎のように整然と並んだベッドに患者たちがじっと横たわっていた。ベッドの脇を歩いていると、ひとりの患者と目が合った。もつれた黒い髪の一〇代後半の少女だった。私は立ち止まり、少女のことを気にかけていると伝えるために微笑みかけ、そして、少女の片手をつかんだ。その手は麻痺していた。でも少女は喉を鳴らしながら、私をまっすぐ見て微笑んだ。

「この子、微笑んでいるんじゃないでしょうか」と私は案内役の女性に言った。

「かもしれませんね」と彼女は言った。「はっきりしないこともありますから」

でも私は確信していた。少女は微笑んでいたのだ。

キャンパスに戻ったあと、最後まで教室に残っていた私は、教授とふたりきりになった。「それで、感想は？」と教授に訊かれた。

私は正直に言った。「親たちがあのかわいそうな子供たちを見捨てられるなんて信じられません、自分に微笑みかけてきた子だっていたんです」

教授はよき指導者であり、科学と道徳の関係について深く考察している人物だった。そんな彼なら同意してくれると期待したのだ。

「そうか」と教授は言った。「いいぞ。よく言った。だが、場合によっては、亡くなったほうがいいと思えることもあるんだ」

私は鞄をひったくるようにして教室を出た。

あの子は確かに、微笑んだんだ。

あとになって私は気づくことになる。脳は人との関係を築き、人生を意味あるものにする能力をわれわれに付与すると私は理解していたのだけれど、あの日の施設訪問はそうした私の理解にべつの視点を与えたのだと。脳はときに壊れてしまうのだ。


卒業が近づくにつれ、私は焦りはじめた。まだ学びおえていない、未解決のことが多すぎたからだ。私はスタンフォード大学の英文学の修士課程に出願して合格した。そのころまでに私は言語というものをほとんど超自然的な力とみなすようになっていた。人と人とのあいだに存在し、一センチの厚さの頭蓋骨に覆われた脳と脳をたがいにに交霊させているかのように思えたのだ。ある単語が意味を持つのは人間同士のあいだだけであり、人生の意味と価値は私たちが築く人間関係の深さに関係していた。人生の意味を強く支えているのは、われわれがどのような人間関係を築いているかという点、つまり人間関係の状態だった。しかし、そもそも人間関係を築くというこの作業は脳と体がおこなっているわけで、壊れたり衰えたりしやすい生理現象の支配下にあった。人生の言語——情熱の言語、飢えの言語、愛の言語——は神経細胞や、消化管や、心拍の言語となんらかの複雑な形で関係しているにちがいなかった。

スタンフォード大学で私は幸運にも、存命している同世代の哲学者のなかで最も偉大だと言っても過言ではないリチャード・ローティに師事し、彼の指導のもとで、人生を理解するための道具のひとつである語彙を生み出すあらゆる法則を学びはじめた。偉大な文学作品は独自の道具一式を提供し、読者はその道具、すなわち語彙を使わないわけにはいかなくなる。私が卒業論文のために研究したのは、今の私を悩ませているのと同じ疑問に一世紀前に取り憑かれた詩人、ウォルト・ホイットマンの作品だった。ホイットマンは、「生理的で霊的な人間」と自身が名づけたものを理解し、説明する方法を模索していた。

論文を書きおえたとき、私はホイットマンもまたわれわれと同じように「生理的で霊的な人間」の明確な語彙をつくり出すことはできなかったのだと結論づけざるをえなかった。とはいえ少なくとも、彼がいかに失敗したかを学ぶことによって、多くを知ることはできた。私はまた、自分には文学を学びつづけたいという意欲がほとんどないのだとしだいに確信するようになった。文学の主な関心事はあまりに政治的すぎ、あまりに反科学的だという気がしたからだ。論文指導教官のひとりからも、きみは文学界で仲間を見つけるのがむずかしいかもしれないと指摘された。なぜなら、文学博士の多くは科学に対し、彼の言を借りるなら、「火をまえにしたサルのように、まったくの恐怖しか感じないのだ」。私には自分の人生がどこに向かっているのかよくわからなくなった。「ホイットマンと、医学的見地から見た人格についての考察」と題した私の卒業論文は好評だったものの、かなり異端なものだった。文学的な評論と同じくらいのページ数を精神医学や脳科学の歴史に割いていたからだ。私の論文は文学部にはうまくなじまなかった。私自身も文学部にはうまくなじまなかった。

仲のいい大学の友人の何人かはニューヨークに行ってコメディーや、ジャーナリズムや、テレビといった芸術の道を目指そうとしていて、私もそんな彼らと一緒に行って何か新しいことでも始めようかと思っていた。でも例の疑問を頭から追いやることができなかった。生物学と、道徳と、文学と、哲学はどこで交わるのか？　ある午後のことだ。フットボールの試合から家に帰る道すがら、私は秋風に吹かれながら心を彷徨《さまよ》わせていた。アウグスティヌスが庭園で聞いた声は「取って、読め」と命令したが、そのとき私が聞いた声は「本を脇に置き、医業を営め」と命令した。突然、すべてが明白なことに思えた。父も、叔父も、兄も医師だったにもかかわらず、いや、ひょっとしたら、医師だったからこそ、私はそれまで医学というものを進路として真剣に考えたことはなかった。でもホイットマン自身も書いていなかっただろうか？

「生理的で霊的な人間」をほんとうに理解できるのは医師だけかもしれない、と。

翌日、私は医学進学課程の相談役を訪ねて、現実的な問題について助言を求めた。メディカル・スクールにはいるには、まずは一年ほどかけて医学進学課程の強化プログラムを履修しなければならず、さらに、入学審査に一八カ月かかると言われた。要するに、仲間たちを私抜きでニューヨークへと旅立たせ、友情を深めさせるということだった。文学から離れるということだった。でも医学の道に進めば、本のなかにはない答を見つけられるはずだった。べつの形の崇高美を見いだし、病める人々と関係を築き、死や病に直面してもなお人生を意味あるものにするものは何かという疑問を追いつづけられるにちがいなかった。

私は医学進学課程に必要なプログラムを履修し、化学と物理学を頭に詰め込んだ。

勉強の時間を減らしたくなかったので、アルバイトはしたくなかった。でもパロアルトのアパートの家賃は手が出なかったので、夏休み期間中の人気《ひとけ》のない寮まで行き、窓が開いている部屋を見つけてなかにはいった。そこに数週間無断で住んだあと、ついに管理人に見つかったのだが、彼女は偶然にも私の友人で、部屋の鍵を貸してくれたうえに、役に立つ助言までくれた。高校のチアリーディング・クラブが夏合宿にやってくるのはいつか、といったような。性犯罪者として登録されるはめになるのはごめんだったので、私はテントと本とグラノーラ・バーを持ってタホ湖に向かい、戻っても差しつかえない時期が来るまでそこに滞在した。

　メディカル・スクールの入学審査には一八カ月かかるため、医学進学課程の履修を終えると、まるまる一年の自由な期間ができた。数人の教授から、学究生活を完全に離れる決断をするまえに、科学と医学の歴史および哲学の学位を取ってみてはどうかと提案されたので、私はケンブリッジ大学の科《H》学史《P》・科学哲《S》学プログラムに出願し、合格した。翌年はイギリスの田舎の教室で過ごしたものの、しだいに私は、信頼できる道徳的意見を生み出すためには死生の問題を直接経験することこそが不可欠だと主張するようになっていた。言葉にはそれを運ぶ息と同じくなんの重みもないように思えたのだ。一歩下がってみて気づいたことは、自分はすでに知っていることをただ再確認しただけだということだった。私は直接的な体験を求めていたのだ。臨床医学に携わることで初めて、真の生物哲学を追究できるのだと思った。道徳的な考察は道徳的な行動にくらべたら取るに足らないものだった。私は学位を取得すると、アメリカに戻った。そしてイェール大学のメディカル・スクールに進学した。

初めて遺体にメスを入れるときにはきっと、少なからず不思議な感覚にとらわれるはずだと思われるかもしれない。でも奇妙なことに、すべてがごく普通に感じられるのだ。明るい照明、ステンレス・スティールの解剖台、蝶ネクタイを締めた教授といったものが、特別なことでもなんでもないという雰囲気を醸し出している。でもやはり、うなじから腰のくびれまでの最初の切開を忘れることはできない。切れ味があまりにいいために、メスは皮膚《ひふ》を切るというよりもジッパーを開けるようにして、皮膚の下に隠された禁断の腱を露出させる。いくら心の準備をしていても、われわれは不意打ちを食らったように感じて自分を恥じ、それと同時に興奮を覚える。解剖実習は医学における通過儀礼かつ聖域への侵入であり、嫌悪感、高揚感、不快感、挫折感、畏敬の念といったさまざまな感情を生み出す。けれど時間が経つにつれて、それはただの退屈な学問的訓練へと変わっていく。すべてが悲哀とユーモアとのあいだで揺れている。われわれはそこに立ち、社会の最も根本的なタブーを犯している。でもそれと同時に、防腐剤のホルムアルデヒドが持つ強力な食欲刺激作用のせいでブリトーが食べたくてしかたがない。正中神経を切除し、半分に切断された骨盤を観察し、心臓を切り開くといった課題を次々と終えるにつれて、ユーモアが悲哀を押しのけていく。神聖なる違反だったはずの時間は、いつもの大学の授業となんら変わるところがなくなってくる。知識をひけらかす者も、クラスの道化者も相変わらずだ。解剖実習は多くの者にとって、きまじめで礼儀正しい医学生から無感覚で尊大な医師へと変貌する縮図だといえる。

メディカル・スクールにはいってすぐのころの私の日々に、医学の道徳的な使命の重みがずっしりとのしかかった。メディカル・スクールの初日、解剖実習のまえに、われわれは心肺蘇生法の訓練を受けた。その訓練を受けるのは二度目で、一度目は大学時代に受けたのだが、そのときはずいぶん茶番めいているように感じられ、みんな笑ってばかりで、誰もまじめにやらなかった。ひどい演技のビデオも、四肢《しし》のないマネキンも、これ以上ないというくらい現実味を欠いていた。でも今回は、この技術をいつか実際に用いるときが来るかもしれないという可能性が、四肢のないマネキンに息を吹き込んだ。小さなプラスティックの子供の胸を何度も思い切り押しながら、本物の肋骨が折れる音が、仲間の冗談に混じって聞こえたような気がした。

解剖実習は生と死を逆にする。われわれはマネキンを本物だというふりをして、遺体を偽物だというふりをする。でもあの最初の日だけは、それがどうしてもできないのだ。わずかに青ざめ、やや膨張した遺体に初めて向き合ったときには、彼がまぎれもなく死んでいるという事実を、まぎれもない人間だという事実を忘れることはできなかった。四カ月後にはこの男性の頭を弓のこで半分に切断するのだということを知ってはいたものの、それはまちがったことだという気がした。

まわりには解剖学の教授がいて、彼らはわれわれにこう助言した。ご遺体の顔を一度じっくり見たら、また布で覆っておくように、そのほうが作業がしやすいから。われわれが深呼吸しながら、神妙な面持ちで遺体の顔を覆う布を取ろうとしていると、外科医が雑談しにやってきて、遺体の顔に肘を置いて体重をあずけた。そして遺体の裸の胴体に残るさまざまな傷跡や瘢痕《はんこん》を指差して、病歴を組み立てていった。これは鼠径《そけい》ヘルニアの手術痕、こっちは頸動脈内膜剝離術のもの、こっちは搔き傷、おそらくは黄疸、つまりビリルビン高値による痒《かゆ》みのせいだと思われる。死因はたぶん膵臓《すいぞう》がん、膵臓の手術をした形跡はないので、おそらく、あっというまに亡くなったのだろう。説明を聞きながら、私は外科医の肘から目が離せなかった。彼が医学的な仮説や医学用語の練習問題を繰り出すあいだ、肘は布で覆われた顔の上を動きまわっていた。私の頭にある考えがよぎった。「相貌失認《そうぼうしつにん》とは人の顔が認識できなくなる脳障害である」。けれど近い将来、私もまた、その障害を患うことになった。弓のこを手に。

というのも数週間後には、ドラマチックな要素はすっかり消えてしまったからだ。医学生以外の学生を相手に解剖実習について話す場合には、気づけば私はグロテスクで気味の悪い、ばかげた部分だけを強調するようになっていた。たとえ週に六時間も遺体を切り刻んでいるとしても、自分はまったく正常なのだと伝えて、みんなを安心させようとしているかのように。ときどき、こんな話をした。「うちのクラスに、パフィーペイントで描いた模様つきのマグカップなんかを使っているタイプの女の子がいるんだけど、あるとき振り向いたら、その子が踏み台の上で爪先立ちになって、いかにも楽しげに女性の遺体の背骨にノミを打っていて、まわりに骨片が飛び散っていたんだぜ」。私がその話をしたのは、そうした状況とのあいだに距離を置きたかったからなのだけれど、結局のところ、自分も同類だということは否定しようがなかった。自分もまた、遺体の肋骨をボルトカッターで同じくらい熱心に取り外していたんじゃなかったか？　顔を覆われた名前も知らない遺体を相手にしていても、その人物の人間性がいきなり目のまえに現れてくることがある。たとえば、遺体の胃を切り開いたときに、未消化のモルヒネの錠剤が二錠見つかったことがあった。その錠剤は男性が痛みに苦しみながら死んでいったことを示していた。もしかしたらひとりきりで、薬瓶の蓋を手探りで開けたのかもしれない。

言うまでもないことだが、人々は生前に自分の意思で献体し、この運命に身を委ねたのであり、したがって、われわれのまえに置かれた遺体の呼び名もその事実を反映したものへと変化した。「遺体」と呼んではいけない、「ドナー」と呼ぶほうが好ましいと教えられた。確かに、古き悪しき時代にくらべたら、解剖にまつわる不道徳な要素は減った（まずだいいちに、学生たちは一九世紀のように自分で遺体を調達してくる必要がなくなった。それにメディカル・スクールのほうも、遺体を手に入れるために墓を掘り起こすという慣習を支持するのをやめていた。とはいえ盗掘は、かつてはごく一般的におこなわれ、burkeという特別な動詞で呼ばれた殺人の方法にくらべたらまだましだった。オックスフォード英語辞典によれば、burkeは「解剖学校に遺体を売るために、傷跡を残さないように窒息させたり、絞め殺したりすること」となっている）。それでもなお、実情をよく知る人々、つまり医師が献体をすることはほぼ皆無だ。では、ドナーはどれくらいの情報を与えられているのだろう？　まえに一度、ある解剖学の教授が言っていた。「外科医だって、患者に手術の承諾をためらわせるような血なまぐさい詳細を話したりはしないはずだ」

解剖学の教授は言葉を濁していたものの、実際にはドナーは充分な情報を与えられているはずだ。その場合、人々が嫌悪感を抱くのは「解剖される」という考え自体に対してではなく、自分の母親が、父親が、祖父母が、軽口を叩く二二歳の医学生に切り刻まれるという考えに対してなのだ。解剖実習のセッションについての冊子を読んで、「骨用ノコギリ」という言葉を見るたびに私は、このセッションで自分はついに嘔吐することになるだろうと思った。でも実際には、実習室で気分が悪くなったことはなかった。例の「骨用ノコギリ」がごく普通の錆びたノコギリだとわかったときですら大丈夫だった。

私がほんとうにもう少しで嘔吐しそうになったのは、実習室から遠く離れた場所でのことだった。ニューヨークにある祖母のお墓を死後二〇年目の命日に訪れたときだ。気づけば私は体をふたつ折りにして、ほとんど泣きながら謝っていた。解剖実習での私の遺体に対してではなく、遺体の孫たちに対して。実際、解剖実習の最中に、半分解剖された母親の遺体を返してほしい、とある男性が言ってきたことがある。「母は確かに承諾したけれど、自分には耐えられないんです」と男性は言った。そのとき私は、自分もまちがいなく同じことをするだろうと思った（遺体は遺族に返却された）。

　解剖実習ではわれわれは死者を物体とみなし、文字どおり、ただの臓器と、組織と、神経と、筋肉へと変えてしまう。初日には遺体の人間性を否定することはどうしてもできないのだけれど、四肢の皮膚を剝ぎ、邪魔な筋肉を切り取り、肺を引っぱり出すころには、目のまえに積み上げられた組織の山を人間と認識するのはむずかしくなっている。やがて解剖実習は神聖を汚す行為というよりも、バーのハッピー・アワーに食い込んでくるものにすぎなくなり、そのことに気づいた瞬間、われわれはたじろぐ。ごくまれに内省的になるときには、心のなかで遺体に謝る。自分たちの罪深さが身に沁みたからではなく、身に沁みなかったから。

　けれどそれは単純な悪ではない。解剖実習だけでなく、医学全体が聖なる領域を侵しているのだから。医師は想像しうるあらゆるやり方で身体に侵入する。患者が最も弱っている姿を、患者の最も神聖な姿を、最もプライベートな姿をその目で見る。患者をこの世に連れてきて、そして、この世から送り出す。身体を物質と機序《メカニズム》としてとらえるということは、裏を返せば、人間の最も深い苦しみを癒すという行為にほかならない。それと同時に、人間の最も深い苦しみは単なる教育の道具にもなる。解剖学の教授というのはこうした関係性のいちばん端に位置していると言えるかもしれないが、それでも彼らは遺体に対する親近感をなくしてはいない。解剖実習が始まって間もないころに、私がドナーの脾《ひ》動脈《どうみゃく》を見つけやすくしようと横隔膜に長い切開をすばやく入れると、そばにいた試験監督官がぞっとしたように青ざめた。私が重要な構造を壊したからでも、基本的な概念を理解していなかったからでも、今後解剖するはずの個所をすでにだめにしてしまったからでもなく、私の態度があまりに横柄に見えたからだ。彼の顔に浮かんだ表情と、言葉にできない悲しみが、ほかのどの医学の講義よりも多くを私に教えてくれた。べつの教授にこう切開するように言われたのだと私が説明すると、われらが試験監督官の悲しみは怒りに変わり、そしていきなり、当惑で顔を赤くした教授たちを廊下へと引っぱっていった。

　試験監督官の遺体への親近感はときに、よりシンプルなものだった。がんに侵されたドナーの膵臓をわれわれに示しながら、彼がこう尋ねたことがある。「この男は何歳だ？」

「七四歳です」とわれわれは答えた。

「私と同い歳だ」と教授は言い、探針を置いて歩き去った。

メディカル・スクールでの日々をとおして、生きる意味と、人生と、死の関係性についての私の理解は研ぎ澄まされていった。卒業論文に書いた人間の関係性が、医師と患者との関係のなかで現実化するのをまのあたりにした。医学生であるわれわれは死と苦しみを眼前に突きつけられ、患者のケアを必要とする仕事に向き合ってはいたものの、患者に対する責任を実際に負うことはなかった。ときおり、責任の恐ろしさを垣間見ることはあったけれど。メディカル・スクールの学生は最初の二年間を教室で過ごし、その間に仲間をつくったり、勉強したり、本を読んだりする。われわれはつい、メディカル・スクールでの学問を大学生のころにやっていたことの延長ととらえてしまいがちだ。でも私がメディカル・スクールの最初の年に出会った（そして、いずれ私の妻になる）ガールフレンドのルーシーはそうした学問の背景に隠された意味を理解していた。人を愛することのできる彼女の能力ははてしなく、私に多くを教えてくれる。ある夜、私のアパートメントのソファで心電図の波形の勉強をしていたとき、ルーシーはある波形をじっと見て考え、それが致死的な不整脈だと見抜いた。その一瞬にしてすべてを悟り、彼女は泣き出した。この「心電図練習問題」の波形が誰のものだったにしろ、その患者が生き延びることはなかったからだ。のたくったような線はただの線ではなかった。それは心室細動を示す波形であり、やがて心停止と、そして涙をもたらす波形だった。

ルーシーと私がイェール大学のメディカル・スクールに通っていた当時、シャーウィン・ヌーランドはまだ教鞭を執っていたが、私は彼を読者の立場でしか知らなかった。ヌーランドは名高い外科医兼哲学者であり、死すべき運命をテーマにした多大な影響力を持つ彼の著書『人間らしい死にかた――人生の最終章を考える』はすでに出版されていたものの、私がようやくその本を読んだのはメディカル・スクールにはいってからのことだった。これほど直接的かつ包括的に、生存にまつわる根本的な事実について検討した本には出会ったことがなかったと言っていい。金魚であろうと、孫であろうと、すべての生物は死ぬという事実だ。夜、私は部屋でヌーランドの本を熟読した。とりわけよく覚えているのはヌーランドが祖母の病を描写した場面だ。そこに書かれている、個人と医学と精神とが混じり合うさまを完璧に照らし出した一節は忘れがたい。ヌーランドは子供のころに祖母の皮膚を指でへこませて、もとに戻るまでにどのくらいかかるかを確かめるゲームをしたときのことを回想していた。そうした症状は老化現象の一部であり、最近始まった息切れとともに、祖母が「鬱血性心不全にかかりはじめていた」ことを示していた。「老いた肺の老いた組織から老いた血液が吸収できる酸素量が激減した」と彼は書いており、「最も目立ったのは、しだいに人生の営みから遠ざかっていったことだ……お祈りをやめるころには、ブッベはほかのこともほとんどしなくなっていた」と続けている。祖母が致命的な脳卒中を起こしたとき、ヌーランドはトマス・ブラウンの『医師の信仰』を思い出したという。

「この世に生まれ出るときの葛藤や苦しみについてはわれわれは知るよしもないが、この世から出ていくのは、けっしてたやすいことではない」

死について深く理解するために、私はスタンフォード大学で長い時間をかけて文学を学び、ケンブリッジ大学で医学史を学んだのだが、結局、私にはまだ理解しえないという思いだけが残った。死についてのヌーランドの描写などを読むにつれて、死というものは直接対峙して初めて理解できるのだと確信するようになった。私が医学の道に進んだのは、死にまつわる一対の謎をこの目で確かめたかったからだ。つまり、死の経験上および、生物学上の現れ方を確かめたかったのだ。きわめて主観的で、それでいて完全に客観的な死の姿を見てみたいと思った。

『人間らしい死にかた』の前半の章でヌーランドは、まだ若い医学生だったころに心臓が止まった患者と手術室でふたりきりになったときのことについて書いている。ヌーランドは必死の思いから患者の胸を切開し、心臓を手で何度も押した。文字どおり、患者をその手で生き返らせようとしたのだ。結局、患者は亡くなり、血と失敗にまみれたヌーランドを指導教官が見つけることになった。

私が入学したころには、メディカル・スクールはヌーランドの時代とはすでに変わっており、そのようなシーンはもはやありえなかった。医学生であるわれわれが患者に触ることはほとんど許されず、ましてや胸を切開するなど論外だった。しかし血と失敗にまみれた責任感あふれる英雄魂のほうは変わっていなかった。それこそが真の医師のイメージなのだ、と私は思った。

私が初めて目撃した誕生はまた、初めて目撃した死でもあった。

ちょうど医師国家試験のステップ1を受験したばかりのころで、本に埋もれ、図書館にこもり、コーヒーショップで講義ノートを読みふけり、ベッドで手作りの暗記カードを見直した二年間の猛勉強の日々をようやく終えていた。これから先の二年は病院や診療所で過ごし、理論上の知識をついに実際の病気の治療へと応用することになっていた。集中すべきなのはもはや抽象概念ではなく、患者だった。私が最初に配属されたのは産婦人科で、陣痛・分娩棟の深夜勤務につくことになった。

陽が傾くころに陣痛・分娩棟の建物のなかへはいっていきながら、私は分娩のそれぞれの段階や、各段階での子宮口の開き具合や、胎児の下降度を示す「ステーション」など、なんであれ、いざというときに役立ちそうなことを頭のなかで片っ端から復習していた。医学生である私の仕事は観察することによって学ぶこと、そして、とにかく邪魔にならないようにすることだった。メディカル・スクールを卒業し、自らが選択した専門領域でのトレーニングを終えつつあるレジデントと、長年の臨床経験を持つ看護師が私の直接の指導者になってくれるはずだった。でも私の心の底には恐怖が、いや、おののきが潜んでいた。偶然であれ期待されてであれ、いきなり呼び出されてひとりで赤ん坊を取り上げるはめになり、そして失敗するのではないか。

医局でレジデントに会うことになっていた。私が医局にはいっていくと、黒髪の若い女性がソファに横になって、テレビを見たり雑誌を読んだりしながらサンドイッチをほおばっていた。私は自己紹介した。

「ああ、こんにちは」と彼女は言った。「わたしはメリッサ。何か用があったら、わたしはここか、当直室にいるから。ガルシアっていう患者をしっかり診ることね。二二歳で、双子を妊娠中なんだけど、早期陣痛で入院中なの。それ以外の妊婦はみんな、いたって標準的だから」

サンドイッチをぱくつく合間に、メリッサは事実と情報を次々と並べながら患者の経過をざっと教えてくれた。双子はまだ在胎二三週半にすぎず、胎児が発育するまで、できるだけ長く妊娠を持続させたいとのことだった。赤ん坊が母親の体の外で生存できるかどうかの境目は在胎二四週であり、それよりも在胎期間が一日延びるごとに大きなちがいが生まれた。陣痛を抑えるために、患者にはさまざまな薬が投与されていた。メリッサのポケベルが鳴った。

「了解」と彼女は言い、ソファから両脚をひょいと下ろした。「行かなきゃ。あなたはここで時間を潰しててもいいわよ。悪くないケーブルチャンネルが見られる。それとも、わたしと一緒に来てみる？」

私はメリッサのあとについて、ナース・ステーションにはいった。ひとつの壁一面にモニターが並び、無線で送られてきたデータの波形を映し出していた。

「あれはなんの波形ですか？」と私は訊いた。

「陣痛図と胎児心拍数。それじゃあ、患者を紹介するわね。彼女は英語が話せないの。あなたはスペイン語が話せる？」

私は首を振った。メリッサは私を病室に案内した。部屋は暗かった。母親はベッドで静かに眠っていて、彼女の腹部に巻きつけられた陣痛計のバンドが陣痛と双子の胎児の心拍数を感知し、私がさきほどナース・ステーションで目にしたスクリーンにシグナルを送っていた。ベッド脇には父親が立ち、妻の手を握っていた。その額には不安の皺が刻まれていた。メリッサはスペイン語でふたりに何かささやき、それから私を部屋の外に導いた。

その後の数時間は順調に過ぎた。メリッサは医局で眠っていた。私はガルシアのカルテの判読不能に近い走り書きをどうにか解読しようと、まるで象形文字を読んでいるような気分になりながら奮闘し、ようやく、彼女の下の名前がエレナだということ、これが彼女にとって二度目の妊娠だということ、妊婦健診は受けておらず、保険にも加入していないことを知った。私はエレナに投与されている薬の名前を書き出し、あとで調べること、と書き留めた。それから、医局で見つけた教科書で切迫早産について少し読んだ。低出生体重児はたとえ生き延びたとしても、頭蓋内出血を発症し、脳性麻痺を患う可能性が高いことを知った。でも一方で、私の兄のスーマンのような例もあった。彼は今から三〇年前に予定日よりも八週ほど早く生まれたのだが、今では神経内科の臨床医として働いていた。私は看護師のところへ行って、モニターのくねくねした曲線の読み方を教えてほしいと頼んだ。私にとっては医師たちの筆跡と同じくらい謎めいたその曲線は、どうやら惨事の到来を予示する機能をはたしているようだった。看護師はうなずき、子宮の収縮とそれに対する胎児の反応の読み方を説明しはじめた。ほら、こんなふうによく見てみると――

看護師は言葉を切った。その顔に不安がよぎった。彼女は何も言わずに立ち上がってエレナの病室へ駆けていき、急いで戻ってくると、受話器をつかんでメリッサを呼び出した。一分後、目を充血させたメリッサがやってきて、モニターにさっと目を走らせてから病室へ飛んでいった。私は彼女のあとを追った。メリッサは携帯を開いて指導医に電話をかけ、私にはほんの一部しかわからない専門用語を並べて早口で話した。双子は危険な状態にあり、命を救うには緊急帝王切開しかない。おそらくはそういうことなのだろうと私は思った。

慌ただしい動きに運ばれるようにして、私は手術室に足を踏み入れた。エレナは手術台の上に仰向けに寝かされ、薬を静脈注射されていた。ひとりの看護師が彼女の大きなお腹に消毒薬を一心不乱に塗っていて、その間に私は、レジデントと指導医と一緒に手と前腕をアルコール消毒液で消毒した。私はふたりの医師の緊迫した動きをまね、ふたりが小声で悪態をつくあいだ、黙ったままとなりに立っていた。患者に挿管する麻酔科医を見守りながら、執刀医である指導医はそわそわしていた。

「早くしてくれ」と彼は言った。「時間がないんだ。急いでくれ！」

私は指導医の脇に立ち、彼が患者のへその下、つまり突出した子宮の下部付近の皮膚に、緩やかにカーブした長い横方向の切開を入れるのを見守った。指導医のすべての動きを追いかけながら、教科書の解剖図をどうにか思い出そうとした。メスが触れただけで、皮膚はすっと開いた。指導医が自信に満ちた様子で腹直筋を覆う白く硬い筋膜に切開を入れ、筋膜とその下の筋肉を指で開くと、メロンのような子宮が覗いた。次に彼が子宮を切開すると、赤ん坊の小さな顔が現れたが、すぐに血のなかに消えた。指導医の手がさっと差し込まれ、ひとり目の、それからふたり目の紫色の赤ん坊を引っぱり出した。赤ん坊はどちらもほとんど動かず、ぴたりと目を閉じたままで、巣からあまりに早く落ちてしまったひな鳥のようだった。薄い皮膚の下の骨は透けて見え、本物の子供というよりも子供のデッサンを思わせた。大きさも医師の手ほどしかなく、抱くには小さすぎた。双子は待ち構えていた新生児科医に渡され、ただちに新生児集中治療室《NICU》に運ばれた。

目のまえの危険が去った今、手術のペースは緩やかになり、さきほどまでの熱狂は平穏といってもいい状態に落ちついた。わずかに噴き出す血を医師が焼灼器《しょうしゃくき》で止めるたびに、焼けた肉のにおいが立ち昇った。子宮は縫合され、開いた創《そう》が縫い合わされたあとには一列の歯のような縫い目が残った。

「教授、腹膜を閉じたほうがいいでしょうか？」とメリッサが質問した。「最近読んだところによれば、閉じる必要はないようですが」

「〝神が結び合わせてくださったものを、人は離してはならない〟」と指導医は言った。「少なくとも、いっときより長くは。最初に見たときと同じ状態にしておきたいんだ。縫合しよう」

腹膜とは腹腔《ふくくう》を囲む膜なのだが、私はそれが切開される瞬間をなぜか完全に見逃していた。どんなに目を凝らしてみても、腹膜を見分けることができず、創は無秩序な組織の塊にしか見えなかった。でも外科医たちにとっては、はっきりとした秩序を持つ塊だったのだ。彫刻家にとっての大理石の塊のように。

メリッサが腹膜縫合に取りかかり、創のなかに鉗子《かんし》を入れて筋肉と子宮のあいだの透明な組織層を引っぱり出した。いきなり腹膜と、腹膜に包まれた空洞がはっきりと見えた。メリッサは腹膜を閉じ、それから筋肉と筋膜の縫合に移り、大きめの針でざっくりとループ状に数針縫った。指導医が手術室をあとにし、皮膚の縫合が始まった。メリッサは私に、最後の二針を縫ってみないかと訊いた。

針を皮下組織に通す私の両手は震えていた。糸を結んでいるときに、針が少し曲がっているのに気づいた。皮膚はずれたまま縫い合わされていて、隙間から脂肪の塊が飛び出していた。

メリッサはため息をつき、「でこぼこね」と言った。「表皮層だけ縫うの。この薄い層がわかる？」

わかった。これからは頭だけでなく、目も訓練しなければならないということだった。

「はさみ！」とメリッサは言い、私がほどこした素人くさい結び目を切り、創を再縫合してガーゼをあてた。患者は回復室に運ばれた。

以前メリッサから説明されたように、赤ん坊が母体外で生存できるかどうかの境目は在胎二四週だった。双子は在胎二三週と六日で生まれてきた。臓器は揃っていたものの、生命を維持するだけの準備はまだできていないと考えられた。本来なら、双子はさらに四カ月近くのあいだ子宮のなかで守られ、臍帯《さいたい》から酸素と栄養を含んだ動脈血を受け取りながら成長するという恩恵を受けるはずだった。それが今では自分の肺から酸素を取り込まなければならなくなったのだけれど、肺はまだ膨らんだり、ガス交換したりといった複雑な呼吸機能をはたすことができなかった。私は双子の様子を見にNICUに行った。ふたりとも透明なプラスティックの保育器に入れられていた。その姿は電子音を発する大きな機械の横でいっそう小さく見え、ワイヤやチューブの絡まりのなかに埋もれているかのようだった。保育器の側面には小さな穴が開いていて、そこから両親が手を入れて赤ん坊の脚や腕をやさしく撫で、人と触れ合う大切な時間を赤ん坊にもたらせるようになっていた。

陽が昇り、私のシフトは終わった。私は家に帰らされた。子宮から取り出される双子のイメージが眠りを妨げた。未熟な肺と同じように、私もまだ生命を維持する責任を負う準備ができていないのだと思った。

その夜、病棟に戻った私はべつの妊婦を担当することになった。その妊婦についてはなんの心配も要らなかった。すべてが順調で、今日は予定日ですらあった。私は看護師と一緒に分娩の進行を追いかけた。しだいに陣痛の間隔が狭まり、看護師が子宮口の開き具合を報告した。子宮口は三センチから五センチになり、一〇センチになった。

「さあ、いきんで」と看護師は声をかけた。

それから私のほうを向いて言った。「心配しなくていいですよ。お産が近づいたら、ポケベルを鳴らしますから」

医局に戻ると、メリッサがいた。しばらくして、産科医のチームが分娩室に呼ばれた。出産が近づいたのだ。分娩室のドアの外で、私はメリッサからガウンと、手袋と、長いブーツカバーを手渡された。

「汚れるから」と彼女は言った。

私はメリッサと一緒に分娩室にはいった。おずおずと端のほうに立つと、メリッサにまえに押し出された。患者の脚のあいだ、指導医のすぐまえに。

「いきんで！」と看護師が促した。「もう一回。今みたいに。でも、叫ぶのはなしね」

しかし叫び声は止まらず、ほどなくして、血と液体が流れ出た。医学の教科書のきれいな図解は〈自然〉とはかけ離れている。血で染まるのは牙と爪だけではなく（イギリスの詩人アルフレッド・テニスンの詩より）、誕生の瞬間もだ（写真家アン・ゲデスのおとぎ話の世界のような写真とは似ても似つかない）。臨床医になるための教育が、教室で学ぶ学問とはまったくちがったものになりそうだということが私にもだんだんわかってきた。本を読んだり、○×式の問題に答えたりするのと、責任を負いながら実際に行動するのとではまるきりちがう。赤ん坊の肩をうまく娩出させるために頭を引っぱる際には、医師の判断力が必要とされるが、そのことを知識として知っているのと、実際におこなうのとはちがっていた。もし強く引っぱりすぎてしまったら？（不可逆的な神経損傷、と私の脳は叫んだ）。母親がいきむたびに頭が現れ、休むたびに引っ込んだ。まさに、三歩進んで二歩下がるといった感じだった。私は待った。ヒトの脳というのは、生物にとって最も基本的な務めである生殖を危険な営みにしてきたが、陣痛・分娩棟や、分娩監視装置や、硬膜外麻酔や、緊急帝王切開を可能かつ必要なものにしたのもまた、その同じヒトの脳だった。

いつ行動すればいいのか、何をすればいいのかわからないまま、私はその場に立ちつくしていた。指導医の声に導かれて赤ん坊の頭に手をあて、妊婦が次にいきんだ瞬間、赤ん坊の肩をそっと外へ導いた。濡れてまるまるとした大きな女の子で、昨晩の小鳥のような双子のゆうに三倍はあった。メリッサが臍帯にクリップを留め、私が臍帯を切った。赤ん坊が目を開けて泣き出した。私はしばらくのあいだ赤ん坊を抱えたまま、そのずっしりとした重みを腕に感じ、それから、看護師に手渡した。看護師が赤ん坊を母親に渡した。

私は待合室へ行き、家族にうれしい知らせを伝えた。集まっていた一〇人ほどの家族は跳び上がって喜び、握手したり、抱き合ったりした。私は新しい喜びの契約をたずさえて山頂から戻ってきた預言者だった！　血にまみれたシーンが頭からすっかり消えた。ついさっき、私はこの家族のいちばん新しいメンバーを取り上げたのだ。この男の姪を、この女の子のいとこを。

意気揚々として病棟に戻ると、メリッサがいた。

「昨晩の双子は元気ですか？」と私は訊いた。

メリッサの顔が暗くなった。赤ん坊Aは昨日のうちに亡くなったと彼女は言った。赤ん坊Bはなんとか二四時間近く生きたが、ちょうど私が赤ん坊を取り上げていることに亡くなったという。そのとき私の頭に浮かんだのはサミュエル・ベケットの隠喩だけだった。あの双子で究極の形に達したあの隠喩だ。「ある日、生まれた。ある日、死ぬだろう。同じある日、同じある時……女たちは墓石にまたがってお産をする、ちょっとばかり日が輝く、そしてまた夜」

「そんなひどい話があるかって、そう思う？」と彼女は続けた。「胎児がお腹のなかで死んでしまった場合でも、ほとんどの母親は陣痛と出産を経験しなくてはならない。そんなの想像できる？　でも少なくとも、あの子たちにはチャンスがあった」

マッチに点いた火は炎を灯すことができなかった。543号室の母親の悲痛な泣き声、父親の下瞼の真っ赤な縁、静かに顔を伝う涙。喜びの裏側。耐えきれない、不公平な、予期できない死の存在……これをどう意味づければいいのだろう、どんななさめの言葉があるのだろう？

「あれは正しい選択だったんですか？　緊急帝王切開は？」と私は質問した。

「まちがいなく」とメリッサは言った。「あれしか手はなかった」

「もしやらなかったら、どうなっていたんですか？」

「たぶん、ふたりとも死んでいた。胎児心拍の異常は、胎児が酸血症に陥っていることを示しているの。臍帯になんらかの異常が起きているとか、何か深刻な問題が起きているとか」

「胎児心拍を見て、緊急帝王切開をすべきタイミングをどうつかむんですか？　待ちすぎて手遅れになるくらいなら、早すぎる出産を選んだほうがいいと決めるタイミングを？」

「そのときの判断ね」

なんという判断だろう。これまでの人生で私がしてきた判断といえばせいぜい、サンドイッチはフレンチディップにするかルーベンにするかといったたぐいのものだった。自分はあのような判断をできるようになるのだろうか、あのような責任を抱えながら生きていくことなどできるのだろうか。私にはまだ学ぶべき実践的な医学がたくさん残されていたけれど、生死を分けるような状況のときには、はたして知識だけで充分なのだろうか？　知性だけでは足りないのは明らかだった。知性と同様に、明確な道徳観も必要なのだ。とにかく、私は信じなければならなかった。知識だけではなく、分別も手に入れることができるはずだと。結局のところ、ほんの一日前にこの病院に足を踏み入れたときにはただの抽象概念にすぎなかった誕生と死を、もうすでにごく間近で見ていたではないか。もしかしたら、ベケットが描くポッツォは正しかったのかもしれない。人生というのはほんとうに「ちょっとばかり」のできごとであり、あまりに短くて注意を払うことすらできないのかもしれない。それでも私は差し迫った自分の役割、つまり死の〝いつ〟と〝どのように〟に密接にかかわるという、鉗子をふるう墓掘人のような役割に集中しなければならなくなるのだろう。

産婦人科のローテーションはほどなくして終わり、その後は腫瘍外科に配属された。同級生のマリと一緒だった。数週間が経ったころの徹夜明けに、マリはウィップル手術の手伝いをすることになった。ウィップル手術というのは膵臓がんの手術後の消化管再建術で、腹部の臓器を大幅につなぎ直す、とても複雑な手術だ。医学生はたいてい、少なくとも九時間ぶっ通しでじっと立っているか、もしくは、うしろに引っ込んでいなければならない。積極的に手術に参加できるのはチーフレジデントだけで、あまりの複雑さゆえに、その手術の介助に選ばれた医学生はとても実りの多い経験ができると考えられていた。けれど、ものすごく疲労困憊させられる手術であることはまちがいなく、一般外科医の手腕を試す究極のテストでもあった。手術が始まって一五分が経ったころ、私はマリが廊下で泣いているところに出くわした。ウィップル手術では手術を始めるまえに、外科医は決まって小さな切開部位から小型カメラを挿入する。がんが広範囲に広がっていれば手術をする意味はなく、したがって、手術は中止になるからだ。九時間におよぶ手術をまえに手術室で待っていたとき、マリは心のなかでささやいたという。「ああ疲れた、神さま、どうか転移していますように」。がんは転移していた。患者の腹は閉じられ、手術は中止された。最初にやってきたのは安堵だった、とマリは言った。それから、苦しいほどの、しだいに深まる羞恥心が続いた。マリは手術室を飛び出した。誰かに罪を告白したかった。彼女は私を見て、そして、私が聴罪師になった。

メディカル・スクールの四年生になると、多くの同級生がひとりまたひとりとあまり大変ではない専門分野（放射線科や皮膚科など）を選択し、そうした科の研修プログラムに応募するようになった。私はそんな状況に困惑し、いくつかの有名なメディカル・スクールのデータを集めてみたのだけれど、その結果、どこも同じ傾向だということがわかった。メディカル・スクールが終わるころには医学生の多くが「ライフスタイル重視」の科、つまり、時間的にゆとりがあり、給料が高めで、プレッシャーの少ない科に焦点を絞るようになった。メディカル・スクールに出願した際のエッセイに書いた理想主義はすでに消えるか、失われるかしていた。卒業が近づくと、われわれはイェール大学の伝統に則って、ヒポクラテスやマイモニデスやオスラーなどの偉大な医学の父祖の言葉を混ぜた卒業の誓いを書いた。その際に何人かの学生が、自分の利益よりも患者の利益を優先するという文言を削除すべきだと主張した（残りの者たちがその議論を早めに打ち切らせ、結局、削除されることはなかった。私にはそうした自己中心癖は医学と著しい対照をなしているように感じられた。でも留意すべきなのは、彼らの主張が完全に理に適っているという点だった。実際、九九パーセントの人は給料や、仕事環境や、勤務時間といったものを基準に仕事を選んでいる。でも問題はそこだった。ライフスタイルを優先すれば仕事は見つかるが、天職は見つからないからだ）。

私はといえば、脳神経外科を専門にするつもりだった。その選択についてはしばらくまえから考えていたのだけれど、決意が固まったのはある晩、手術室のそばの部屋でのことだった。そのとき私は、小児脳神経外科医が患者の両親と交わす会話を厳粛な気持ちで聞いていた。その晩、頭痛を訴えて来院した子供の脳に大きな腫瘍ができていることが判明していた。医師は医学的な事実だけでなく、人間的な事実についても説明し、悲劇的な状況だということを認めつつも、両親を導いていた。子供の母親は偶然にも放射線科医だった。画像から判断して腫瘍は悪性の可能性が高く、すでに画像を確認していた母親は蛍光灯の明かりの下、プラスティックの椅子に坐ったまま打ちひしがれていた。

「さて、クレア」と医師はおだやかな口調で言った。

「ほんとうに、見た目と同じくらい悪いんですか？」と母親はさえぎった。「がんだと思われますか？」

「それはわかりません。すでにご存じだと思いますが、私にわかるのは、あなたがたの人生が変わろうとしているということです。いえ、もうすでに変わってしまったということです。いいですか、これは長期戦になります。あなたがたはつねにおたがいを助け合わなければなりません。でも、必要なときにはしっかりと休息を取ることも大切です。この手の病気はおふたりの絆を深めることもあれば、引き裂くこともあります。これからは今まで以上に、おたがいを支え合わなければなりません。徹夜でお子さんに付き添ったりしてはいけません。病院を絶対に離れないのもいけません。いいですね？」

それから医師は、今後おこなわれる予定の手術について説明し、予測される結果や、今後の可能性や、今どんな決断が必要とされているか、今から考えておくべきだがすぐには答を出さなくてもいい問題についてや、今の段階ではまったく心配しなくてもいいことなどについて話をした。医師との会話が終わるころには、両親は安心こそしていなかったものの、未来と向き合えるようになったようだった。最初は蒼白でどんよりとし、別世界にいるかのようだった両親の顔つきが、しだいに鋭くなり、集中していくさまを私は見守った。そして、そこに坐っているあいだに、生や死や人生の意味と交差するような問題、要するに、すべての人間がいずれ直面する問題というのは、ほとんどが医学的な文脈のなかで生まれてくるのだということに気づいた。そうした問題に実際に遭遇することになったなら、その状況は必然的に、哲学的かつ生物学的な訓練となる。人間は生物であり、悲しいかな、エントロピー増大の法則（自然は常に秩序から無秩序へと進むという法則）を含む、あらゆる物理的法則にしたがっている。病気というのは分子の異常であり、生物の生存とは代謝の継続であり、死とはつまり、代謝の停止なのだ。

医師はみな病気の治療をするけれど、脳神経外科医はアイデンティティのるつぼのなかで仕事をする。脳の手術というのはすべて必然的に、われわれ自身の本質を操作する作業であり、脳手術を受ける患者と会話をする際にはどうしてもこの事実に向き合わざるをえない。加えて、脳手術というのはたいていの場合、患者とその家族がそれまでに直面したなかで最もドラマチックな出来事となる。手術自体が人生のどんな大イベントにも匹敵する影響力を持っているのだ。そんな重大事において問題になってくるのは、生きるか死ぬかといった単純な点ではなく、生きる価値があるのはどんな人生か、という点だ。人は自分の、あるいは母親の話す能力と引き替えに、口がきけない状態で数カ月長く生きることを選択するだろうか？　視野と引き替えに、致命的な脳出血が起こるわずかな可能性を消すことを選ぶだろうか？　右手の機能と引き替えに、けいれんを止めることを選ぶだろうか？　いっそ死なせてやったほうがいいと言うまえに、人は自分の子供にどれだけの神経学的な症状をがまんさせるだろう？脳というのはわれわれのあらゆる経験を媒介している。だから、どんな脳神経外科的な問題も、生きつづけるだけの価値のある人生とはどんな人生だろう、という問題に答えることを患者と家族に強いる。その際に医師が導き手となれば理想的なのだけれど。

　私は脳神経外科という分野にいやおうなしに惹きつけられた。ひとつの妥協も許さず、完璧を求めるところに。古代ギリシャ人の徳《アレテー》の概念のように、美徳というのは道徳的、感情的、精神的、そして身体的な美点を必要としているのだと思った。脳神経外科は人生の意味と、アイデンティティと、死への最も困難で、かつ直接的な対峙をもたらすように思えた。その肩にのしかかる途方もない責任に伴って、脳神経外科医はまた、集中治療室医学、神経内科学、放射線医学などの多くの分野にも精通しなければならなかった。私は頭と手だけでなく、目も鍛えなければならなくなるだろう。脳以外の臓器についても学ばなければならなくなるだろう。私はその考えに圧倒されると同時に夢中になった。もしかしたら私も博識家の仲間入りができるかもしれないと思った。彼らのように感情的、科学的、霊的な問題の茂みの奥深くに足を踏み入れ、そして出口を見つけられるかもしれない、と。あるいは、自分自身で出口を切り拓けるかもしれない。

　メディカル・スクールを卒業したあと、結婚したばかりの私とルーシーはカリフォルニアへ行き、私はスタンフォード大学で、ルーシーはそこから道を北に進んだところにあるカリフォルニア大学サンフランシスコ校で研修生活を始めた。メディカル・スクールは正式に過去のものになり、今では本物の責任が待ち受けていた。研修が始まってすぐに、病院のなかに数人の親しい友人ができた。とりわけ、同期のレジデントのビクトリアと、数年先輩の一般外科のレジデントのジェフとは親しくなった。今後七年間のトレーニングをとおして、われわれは医療ドラマの目撃者から、主要な役を演じる俳優へと成長することになる。

研修期間の最初の一年はインターンとして過ごす。インターンというのは生と死を背景にして働く書類整理係のようなものにすぎない。とはいえ、その時期ですら、仕事量はとてつもないのだけれど。病院での初日に、私はチーフレジデントからこう言われた。「脳神経外科のレジデントは最も優秀な外科医というだけではない。私たちは病院のなかで最も優秀な医師なんだ。それがきみの目標だ。きみを誇りに思わせてくれ」。病棟に立ち寄った主任教授からはこう言われた。「いつも左手を使って食べるように。両手利きになるように練習しなさい」。シニアレジデントのひとりからはこう助言された。「警告。チーフは現在離婚手続き中で、今はやたらと仕事に打ち込んでいるところだ。チーフと世間話なんぞしないように」。インターンシップを終えたばかりで、私に新人指導をしてくれるはずだったインターンからは、指導を受けるかわりに四三人分の患者のリストを渡されただけだった。「きみに言っておかなければならないことはただひとつ。患者たちは決まって、きみをいっそう傷つけるだろう。でも忘れてならないのは、彼らには時計を止めることができないということだ」と言って、彼は歩き去った。

最初の二日間、私は病院を離れることができなかった。でもほどなくして、一日がまるまる潰れてしまうほどの、ありえない量に思えた書類仕事は実のところ、たった一時間で終えるべき仕事だということを知った。それでも、病院で働いている人間がファイルに閉じる書類というのはただの書類ではない。それぞれがリスクや成功に満ちた物語の断片なのだ。

八歳のマシューはある日、頭痛を訴えて来院したが、検査の結果、視床下部付近に腫瘍ができていることがわかった。視床下部は本能行動の中枢であり、睡眠、摂食、飲水、性行動をつかさどっている。手術で腫瘍を取り残してしまったら、マシューには放射線治療と、再手術と、脳カテーテルの日々が待っている……それはつまり、彼が子供時代を失ってしまうことを意味していた。腫瘍を完全に摘出できれば、そうした事態は避けられるが、手術の際に視床下部を傷つけてしまう恐れがあり、結果として、マシューは食欲の奴隷になってしまう可能性があった。手術が始まった。外科医はマシューの鼻から小さな内視鏡を入れ、頭蓋底《とうがいてい》にドリルで穴を開けた。視野が開け、外科医は腫瘍を摘出した。数日後の病棟には、歩きまわったり、看護師からキャンディーをくすねたりしているマシューの姿があり、彼はすぐにも退院できる状態になっていた。私はその晩、明るい気分でマシューの退院手続きのための膨大な書類仕事を片づけた。

私が初めて患者を失ったのはある火曜のことだった。

その患者は八二歳の身なりのきちんとした小柄な女性で、私がインターンとして一カ月を過ごした一般外科の患者のなかではいちばん健康だった（病理解剖の際に、病理医は彼女の年齢を知って衝撃を受けることになる。「臓器はまだ五〇代だ！」と言って）。彼女は軽い腸閉塞による便秘で入院していた。腸の絡まりが自然に取れることを期待して六日間様子を見たあと、われわれは小規模な手術をおこなった。月曜の夜の八時ごろ、私が様子を見にいったときには、彼女は麻酔から完全に覚めていて元気そうだった。彼女と話しながら、私はポケットから今日の仕事のリストが書かれたメモを取り出し、最後の項目（術後の診察、ミセス・ハーヴェイ）に線を引いた。そろそろ家に帰って、休む時間だった。

真夜中過ぎに、電話が鳴った。患者の容態が急変したとのことだった。官僚仕事がもたらす自己満足から突如引きはがされ、私はベッドの上で上体を起こして指示を出した。「乳酸リンゲル液一リットルを全開で、心電図、胸部X線、血液ガス分析。すぐ行く」。チーフレジデントに電話すると、血液検査を追加するようにと指示され、状況がつかめたら再度連絡するようにと言われた。

病院に急行すると、ミセス・ハーヴェイは呼吸困難に陥っていた。脈は速く、血圧は極端に低下していた。どんな処置をほどこしても容態は一向に改善しなかった。当直の一般外科のインターンは私だけだったため、私のポケベルはひっきりなしに鳴った。なかには無視できる呼び出しもあったが（患者が睡眠薬をほしがっている）、できないものもあった（動脈瘤が破裂した患者が救急救命室《ER》に運ばれてきた）。私は背の立たない深みにはまり、無数の方向へ引っぱられ、溺れかけていた。ミセス・ハーヴェイの容態は改善しなかった。私は彼女を集中治療室《ICU》に移す手筈を整え、どうにか命を救おうと、投薬と輸液を続けた。それからの数時間は死の可能性に直面しているERの患者と、生死の境をさまよっているICUの患者とのあいだを何度も往復した。午前五時四五分には、ERの患者は手術室に向かっていて、ミセス・ハーヴェイの容態は比較的落ちついていた。彼女にはそれまでに、一二リットルの輸液と、二単位の輸血と、人工呼吸器と、三種類の昇圧剤による治療がほどこされていた。

火曜の午後五時に私がようやく病院を出たときには、ミセス・ハーヴェィの容態は上向いてはいなかったものの、悪くなってもいなかった。午後七時に電話が鳴った。ミセス・ハーヴェィが心停止を起こし、ICUのチームが心肺蘇生をおこなっているとのことだった。私は大急ぎで病院に戻り、そして今度もまた、彼女は持ちこたえた。かろうじて。私は今回は家には帰らずに、万が一の場合にそなえて病院のそばで夕食を食べた。

午後八時に電話が鳴った。ミセス・ハーヴェィは亡くなった。

私は家に帰って眠った。

私は怒りと悲しみのあいだにいた。理由はなんにせよ、ミセス・ハーヴェィは書類の束から抜け出して、私の患者になったのだ。翌日、私は彼女の病理解剖に立ち合い、病理医たちが彼女の体を切り開いて臓器を取り出すところを見守った。私自身も臓器を調べ、手で触り、彼女の腸管に自分がほどこした結び目を確かめ、そして心に決めた。今この時点から、すべての書類を患者として扱おう、と。その反対ではなく。

その最初の年に、私は自分に割りあてられた分の死を目撃することになる。あるときは遠巻きにちらりと、またあるときは、自分がその瞬間に立ち合わざるをえなかったことに当惑しながら。そうした患者たちの一部を以下に紹介する。

1　アルコール依存症の男性。血液がもはや凝固しなくなり、関節内や皮下にも出血をきたし、出血多量で亡くなった。日を追うごとに出血斑が広がっていった。せん妄《もう》状態に陥るまえ、彼は私を見上げて言った。「こんなひどい話があるか。酒ならずっと水で薄めてたってのに」

2　重症肺炎の病理医の女性。死前喘鳴《しぜんぜんめい》を繰り返したあとで息を引き取り、遺体は病理解剖のために、最後にもう一度、彼女が長年過ごしてきた病理解剖室へと向かった。

3　びりっと稲妻が走るような顔面の痛みを治療するために脳神経外科手術を受けた男性。血管による神経の圧迫を防ぐ目的で、原因と思われる神経に液状のセメントを一滴のせるという簡単な手術を受けたものの、手術の一週間後に、強烈な頭痛を発症した。ありとあらゆる検査がおこなわれたが、最後まで診断はつかなかった。

4　何十人もの頭部外傷の患者。自殺、銃撃、飲み屋でのけんか、バイク事故、自動車事故。ヘラジカに攻撃を受けた患者が一名。

ときとして、すべての死の重みを触知できそうに感じた。その圧迫感も、悲嘆も、すべてが空気に含まれていた。たいていはそれらを無意識のうちに吸い込んでいたのだが、まるで蒸し暑い日のように、死が息苦しいほどの重みを持つ日があった。病院にいると、私はときどきこんなふうに感じる。自分は終わりのないジャングルの夏に閉じ込められてしまったのだと。汗と、死にゆく人々の家族が流す涙の雨でびしょ濡れになったまま。

研修の二年目にはいると、急患が来た際には自分がまっさきに駆けつけるようになる。なかには救えない患者もいるけれど、救える患者もいる。昏睡状態の患者をERから手術室へと運んで頭蓋骨から血液を排出させたあと、患者が目を覚まして家族に話しはじめ、頭の傷について文句を言うところを初めて見たときには、あまりの幸福感にぼうっとなり、午前二時だというのに病院のまわりを散歩しはじめた。そのうちに自分がどこにいるのかわからなくなり、帰り道を見つけるのに四五分もかかった。

仕事のスケジュールは過酷そのものだった。レジデントであるわれわれは週に一〇〇時間も働いた。規則上、表向きには八八時間という上限が定められていたが、その時間内で終わったためしがなかった。私は涙目になり、頭がずきずき痛み、午前二時にエナジードリンクを飲んだ。仕事中はどうにか持ちこたえられたが、病院から出たとたん、いっきに疲労が襲いかかった。駐車場をよろけるように歩き、車のなかで仮眠を取ってから、家までの一五分の距離を運転し、ようやくベッドにたどり着いた。

すべてのレジデントがこのプレッシャーに耐えられたわけではない。非難と責任を受け容れることができなかった者もいた。才能ある外科医だった彼は、自分のミスをどうしても認めることができなかった。キャリアが台無しにならないように手を貸してくれ、と彼はある日、医局で私に懇願した。

「きみがしなくちゃならないことは」と私は言った。「僕の目を見て、〝すまなかった。あれは自分のせいだ。もう二度と同じ過ちは繰り返さない〟と言うことだ」

「でも、あれは看護師が――」

「いや。そう言えるようにならないとだめなんだよ。心から言えるようにならないと。さあ、言ってみるんだ」

「でも――」

「ちがう。言うんだ」

こうしたやりとりが一時間も続き、やがて私は、彼はこの先やっていけないだろうと思った。

ストレスのせいで医療現場を完全に離れ、もっと楽なコンサルティングの仕事についた女性のレジデントもいた。

またなかには、より高い代償を支払うことになった者もいた。

技術が向上するにつれて、私の責任も増えていった。どの患者の命が救えて、どの患者の命が救えないか、どの患者の命を救うべきでないかという判断には、予後を正確に予測するという、とうてい獲得しえない能力が必要とされる。事実、私自身、まちがいを犯してしまったことがある。患者を大急ぎで手術室に運び、心臓を動かせるだけの脳の機能を救ったものの、患者は結局、話すこともできずにチューブから栄養を流し込まれるだけの、本人がけっして望まないような生き方を運命づけられてしまった……私はこうした結果を、患者の死よりもひどい失敗だとみなすようになった。意識がないまま代謝だけが継続しているような存在というのは、家族にとって抱えきれない重荷となり、ほとんどの患者が最終的に施設に送られる。終止符を打つことができないまま、家族はしだいに頻度を減らしながら面会を続け、やがて褥瘡《じょくそう》や肺炎が避けがたく患者の命を奪う。なかにはそうした可能性を受け容れたうえで、どんな形であれ生かしてほしいと言って譲らない家族もいるけれど、たいていの家族はそのような懇願はしない。いや、できないのだ。それゆえに、脳神経外科医が判断をくだせるようにならなければならない。

私がこの仕事を始めたのは、ひとつには、死を追究するためだった。死をつかんでその覆いをはぎ、瞬きすることなく真正面から向き合いたかったからだ。私が脳神経外科に魅了されたのは、それが脳と意識をつなぐ分野だからというだけではなく、生と死をつなぐ分野だったからだ。生と死の狭間で過ごしたなら、思いやりのある行動が取れるようになるだけでなく、自分という存在の高みに到達できるのではないかと考えたのだ。けちな物質主義からも、つまらないうぬぼれからも遠く離れて、まさに、あの場所に到達できるのではないかと。物事の核心に、生死を分ける真の決断と苦闘に……そこでなら私はきっと、ある種の超越性を手に入れられるのではないだろうか？

しかし研修時代を過ごすにつれ、徐々に明らかになってきたことがあった。立てつづけに運ばれてくる頭部外傷の患者の処置をしているうちに、私はこう思いはじめたのだ。自分は生と死のあいだの炎の光をあまりに間近で見すぎたために、まるで太陽を直接見ることによって天文学を学ぼうとする者のように、その本質が見えなくなってしまったのではないか。患者にとってきわめて重要な瞬間に、私は彼らと一緒にはいなかった。ただその瞬間に居合わせただけだった。多くの苦しみを観察しただけだった。さらに悪いことに、苦しみに慣れてしまった。人は溺れかけると、たとえそれが血のなかであっても、そこに順応し、浮くことを覚える。泳ぐことを覚える。人生を楽しむことすらできるようになる。同じ筏《いかだ》にしがみつき、同じ潮の流れにとらえられている看護師や、医師や、その他の人々と絆を結びながら。

私はよく、同僚のレジデントのジェフと一緒に外傷患者を担当した。頭部外傷を合併した患者が運ばれてくると、ジェフから外傷治療室に呼び出され、そしていつもふたりで息をぴたりと合わせて働いた。腹部を診察してから、ジェフは私に患者の認知機能の予後を尋ねた。「そうだな、上院議員にはなれるな。小さい州なら」私は一度、そう答えたことがあった。するとジェフは声をあげて笑い、そのときからふたりのあいだでは州の人口が頭部外傷の重症度の指標になった。「この患者はワイオミング？それともカリフォルニア？」治療計画をどれほど集中的なものにするか決めるために、ジェフはよくそう尋ねた。あるいは、私が彼にこんなふうに言うこともあった。「ジェフ、この患者の血圧が不安定なことはわかっているけど、どうしても手術室に連れていく必要があるんだ。そうしないと、ワシントンだったはずが、アイダホになってしまう。なんとか状態を安定させてくれないか？」

ある日、私がカフェテリアでダイエットコークとアイスクリーム・サンドイッチという いつもの昼食を食べていると、重症外傷患者が搬送されてくることをポケベルが告げた。私は外傷治療室に走っていき、アイスクリーム・サンドイッチをパソコンのうしろに押し込んだ。その直後、救急救命士がストレッチャーを押しながら到着し、患者の詳細を列挙した。「二二歳男性、バイク事故、時速六五キロ、脳と思われるものが鼻から飛び出している……」

私はすぐに仕事に取りかかった。挿管用トレーを求め、患者のバイタルサインを評価し、確実に挿管したあとでさまざまな傷を調べた。顔の出血斑、バイクから落ちたときの打撲傷、散大した瞳孔。われわれは脳浮腫を改善するために最大量のマンニトールを投与し、患者を急いでCT撮影室へ運んだ。粉砕された頭蓋骨、広範囲にわたる出血。私は心のなかですでに患者の頭蓋骨に穴を開ける手術の計画を立てていて、穴の開け方や、血液の排出の方法を考えていた。いきなり、患者の血圧が下がった。われわれはすぐに患者を外傷治療室へ戻したが、ちょうど外傷チームの残りの医師たちが駆けつけたところで、患者の心臓が止まった。患者のまわりを医師たちがめまぐるしく動きまわった。大腿動脈からカテーテルが挿入され、胸腔《きょうくう》チューブが胸の奥深くに突っ込まれ、薬が静脈に流し込まれ、血液の流れを止めないために拳で胸を叩きつづけた。三〇分後、われわれはようやく、患者に死の過程を終えさせた。これほどの頭部外傷を負ったなら、死んだほうがいい。誰もがそうつぶやいた。

家族が遺体と対面するためにやってきたのとほぼ同時に、私は外傷治療室からそっと出た。が、そこでいきなり、ダイエットコークとアイスクリーム・サンドイッチ……そして、外傷治療室の蒸し暑さを思い出した。ERのレジデントのひとりにあとを頼んで、私はアイスクリーム・サンドイッチを救おうと、幽霊のようにこっそりと外傷治療室へ戻った。救えなかった遺体のそばへ。

冷凍庫に三〇分入れたら、サンドイッチは甦った。ちょうど家族が最後のお別れをしているころ、私は「うまいな」と思いながら歯にはさまったチョコレートチップを取っていた。医師になってからの短い期間のあいだに、自分は道徳的に進歩するどころか、堕落してしまったのではないかという気がした。

数日後、メディカル・スクール時代の友人のローリーが車に轢《ひ》かれ、脳神経外科医による手術を受けたという話を聞いた。ローリーは心停止を起こし、一度は蘇生したものの、結局、翌日に亡くなったとのことだった。それ以上のことを私は知りたくなかった。誰かが単に「交通事故で死亡した」だけだった時代はとうの昔に過ぎ去っていた。今ではその言葉はパンドラの箱を開け、箱のなかからはあらゆるイメージが飛び出してきた。ストレッチャーが押されていくゴロゴロという音、外傷治療室の床を染める血液、喉に押し込まれるチューブ、胸を繰り返し押す手。その手が見えるようだった。ローリーの髪の毛を剃っている私の手が、頭皮を切開するメスが。逆上したようなドリルの音が聞こえ、骨が焼けるにおいを嗅いだ。骨粉が舞うのが見え、頭蓋骨の一部を外した瞬間のパキッという音が聞こえた。彼女の髪は半分剃り落とされ、頭はいびつになっていた。もはや以前の彼女とは似ても似つかなかった。友人や家族にとって、彼女は見知らぬ人になってしまった。もしかしたら胸腔チューブが入れられていたのかもしれない、片脚が牽引されていたのかもしれない……

詳しくは尋ねなかった。すでにあまりに多くを見すぎていたから。

突然、思いやりを欠いた自分の行動の記憶がどっと押し寄せてきた。患者の不安を無視して退院を推し進めたときのこと、忙しさにかまけて患者の痛みを無視したときのこと。私は患者たちの苦しみを見て、それらを記録し、そこからさまざまな診断を導き出したが、その診断の重みには気づいていなかった。そんな患者たちが残らず戻ってきた。復讐心に燃え、怒り、容赦することなく。

自分もトルストイが描いた典型的な医師になりつつあるのではないかと不安になった。空虚な形式主義にとらわれ、病気の機械的な治療にだけ気を取られ、人間性のより大きな意味を完全に見失っていた医師に（「医者たちは彼女のところにやってきて診察し、主にフランス語やドイツ語やラテン語で話し、たがいを非難し合い、自分たちが知っているあらゆる病に対する多種多様な薬を処方したが、誰ひとり、ナターシャがどんな病に苦しんでいるのかは知りえないのだという単純な考えには思いいたらなかった」）。新たに脳腫瘍と診断されたある母親が、私のところにやってきた。彼女は混乱し、恐れ、先行きの不確かさに打ちのめされていた。でも疲労困憊していた私は感情移入することができず、彼女の質問にざっと答えてから手術の成功を保証し、質問にきちんと答えている暇はないのだと自分に言い聞かせた。〝でも、なぜ時間をつくらなかったのだ？〟ある好戦的な獣医は何週間ものあいだ医師や看護師や理学療法士の助言や説得に耳を貸さず、その結果、われわれが警告したとおりに背中の手術創が開いてしまった。私は手術室で呼び出しを受け、痛みで叫ぶ患者の声を聞きながら離開した創を縫い、当然の報いだと独り言を言った。

当然の報いなどないのに。

ウィリアム・カルロス・ウィリアムズ（一八八三年—一九六三年、アメリカの詩人）やリチャード・セルツァー（一九二八年―二〇一六年、アメリカの外科医、作家）はこれ以上にひどいことをしたと告白していて、それを知って私はわずかになぐさめられると同時におこないをあらためようと心に誓った。悲劇と失敗のただなかにいるうちに、自分は人間関係の重要性を見失いつつあるのではないかと不安になった。患者とその家族の関係だけでなく、医師と患者の関係についても。

　技術的にすぐれているだけでは不充分だった。レジデントとしての私の最も高い理想は命を救うことではなく（誰もが結局、死ぬのだから）死や病気を理解できるように患者や家族を導くことだった。致死的な脳出血の患者が運ばれてきた場合、脳神経外科医と最初に交わす会話こそが、のちに家族がその死をどう思い出すかを永久に左右する。おだやかなお別れ（「もしかしたら、これが彼の寿命だったのかもしれない」）として思い出すのか、けっして癒えない後悔の傷の痛みを伴って思い出すのか（「あの医者たちは耳を貸そうともしなかった！　息子を救おうともしなかった！」）。メスの出番がないときには、言葉だけが外科医の唯一の道具になる。

　重度の脳損傷がもたらす特有の苦しみは、患者よりもむしろ家族のほうが強く感じることが多い。事態の大きさを充分に把握できていないのは医師たちだけではない。今では髪を剃り落とされた頭に損傷を受けた脳が包まれている、愛する者のまわりに集まった家族も同じだ。彼らは目のまえに横たわる体を眺めながら、過去に浸り、いくつもの記憶を甦らせ、いっそうの愛を感じる。私はこの先起こりうることについて考え、首の切開口から入れられたチューブにつながる人工呼吸器や、腹部の穴に挿入されたチューブに落とされるどろりとした液体や、わずかな機能が回復するまでの長く辛い時間を思い浮かべる。ときに、家族の記憶にある人物のほんの一部すら戻ってこない可能性のほうが高い場合もある。私はそんなとき、いつものように死の敵としてふるまうのではなく、死の大使のようにふるまった。家族が知っている、健康ではつらつとした、自立した人物は今では過去にしか生きていないのだということを家族が理解できるように手助けするのが私の役目だった。患者がどんな未来を望むかを理解するために、私は家族の意見を求めた。おだやかな死のほうを望むのか、それとも、体にはいる液体の袋と体から出ていく液体の袋につながれたまま、もがくこともできずに生きつづけるほうを望むのか。

若いころにもっと信心深かったなら、ひょっとしたら私は司祭になっていたかもしれない。私が求めていたのは司祭の役目だったから。

私はインフォームド・コンセントに力を注ぎはじめた。患者が手術に承諾し、紙にサインするというこの儀式は、新しい薬を宣伝するナレーターのようにできるだけすばやくすべてのリスクを列挙する法律的な作業ではなく、病に苦しむ同胞とのあいだに契約を結ぶ機会となった。〝私たちは今ここに一緒にいます。これが、私たちが通り抜ける道です。あなたを全力で、向こう側まで案内すると約束します〟

研修期間がこの段階まで進んだころには、私はすでに多くの経験を積んでいて、腕も上がってきた。ようやく少し余裕が出て、それまでのように死に物狂いでがんばらなくてもよくなった。さらに、患者の健康を守る全責任を引き受けるようにもなった。

私は父のことを考えた。医学生だったころ、ルーシーと私はキングマンの病院で父の回診に同行し、父が患者たちになぐさめとユーモアを与えるところを見た。心臓の手術から回復しつつある女性患者に父はこう言った。「お腹は空いていませんか？何かお持ちしましょうか？」

「なんでもいいわ」と彼女は言った。「お腹がぺこぺこなの」

「では、ロブスターとステーキなんてどうです？」と言って父は受話器を取り、ナース・ステーションに電話をかけた。「患者にロブスターとステーキをお持ちして。今すぐ！」。それから患者のほうを向き、にっこりして言った。「まもなく届きますよ。でも、見かけはどちらかというと、ターキー・サンドイッチに似ているかもしれません」

父がつくりあげた心地よい人間関係と、患者の心に植えつけた信頼に、私は影響を受けた。

ＩＣＵのベッドに坐っている三五歳の女性患者。その顔には恐怖が貼りついている。彼女は妹の誕生日プレゼントを買いに出かけた際にけいれんを起こした。ＣＴスキャンの結果、良性の脳腫瘍が右の前頭葉を圧迫していることがわかった。手術の危険性という観点からは、腫瘍の種類も、腫瘍ができている部位も最も好ましいものだった。手術をすればほぼまちがいなく、けいれんは起きなくなるはずだったけれど、手術をしなければ生涯にわたって副作用の強い抗けいれん薬を飲みつづけなければならなかった。でも私には、彼女がほかでもない、脳の手術という概念そのものに怯えているのがわかった。彼女は見知らぬ場所にひとりぼっちでいた。馴染みのあるショッピングモールの喧噪《けんそう》から引き離され、聞き慣れない電子音が鳴り響く、消毒のにおいが充満したＩＣＵへといきなり連れてこられたのだ。もし私が淡々とした態度で、あらゆる危険性や起こりうる合併症をずらりと並べたりしたら、彼女はおそらく手術を拒否したたろう。私にはそうすることもできた。患者が手術を拒否したと書類に記入し、自分は義務から解放されたとみなして、次の仕事に取りかかることもできた。でも私はそうはせずに、彼女の許可を得て家族を集め、治療の選択肢について全員とおだやかに話し合った。そうするうちに、彼女が直面している手術という選択肢の重たさがしだいに減っていき、やがて、困難だけれども理解できる決断へと変わっていくのがわかった。私はある空間で彼女に会っていた。その空間では、彼女は解くべき問題ではなく、ひとりの人間だった。彼女は手術を選んだ。手術は無事に終わった。二日後には退院し、その後、けいれんは二度と起きなかった。

大きな病というのはどんなものであれ、患者の、そして家族全員の人生を変える。しかし脳の病気はそれだけでなく、秘教めいた不可解さをも伴っている。息子が亡くなったというだけですでに両親の世界の秩序は乱れてしまっているが、息子が脳死状態で体は温かく、心臓が今も動きつづけているとしたら、その死はどれだけ不可解に感じられるだろう。災難disasterの語源は〝星がばらばらになる〟という意味だけれど、そのイメージほど、脳神経外科医の診断を聞いた瞬間の患者の目に現れる表情を的確に表したものはない。ときにその診断はあまりに大きな衝撃をもたらし、患者の脳が電気的ショートを起こしてしまうことがある。そうした現象は〝心因性〟症候群と呼ばれ、悪い知らせを聞かされたあとで起きる失神の重症なパターンと考えられている。一九六〇年代のインドの田舎で私の母が教育を受けられたのは、母の権利を擁護してくれた父親、つまり私の祖父のおかげだったのだが、その祖父が長い入院生活のあとでついに亡くなったという知らせを大学で聞いたとき、母は心因性けいれんを起こした。けいれんは母が家に帰り、葬儀に参列するまで続いた。悪性の脳腫瘍という診断を聞いたとたん、昏睡に陥った患者もいた。私は一連の血液検査と、CTと、脳波検査をオーダーして昏睡の原因を探したが、原因は不明のままで、結局、最も信頼できる検査はとても単純なものだということがわかった。私は患者の腕を顔の上まで持ち上げ、それから離したのだ。心因性昏睡の患者というのは、自分の腕が顔にぶつからないようにするだけの意志を残している。したがって治療は患者を安心させるように語りかけることだ。やがて言葉が届き、患者が目覚めるまで。

脳のがんは大きくふたつに分けられる。ひとつは脳組織から発生する原発性脳腫瘍であり、もうひとつは他の臓器から脳へ転移した転移性脳腫瘍で、最も多いのは肺からの転移である。手術をしても脳のがんを治癒させることはできないけれど、患者の命を延ばすことはできる。でも多くの場合、脳の悪性腫瘍は一年か、あるいは二年以内の死を意味する。ミセス・リーは五〇代後半の薄い緑色の目をした女性で、およそ一六〇キロ離れた自宅のそばの病院から二日前に私のところへ紹介されてきた。格子縞のシャツをタイトなジーンズにたくし込んだ彼女の夫はベッドの脇に立ち、結婚指輪を落ちつかなげにいじっていた。私が自己紹介をしてから腰掛けると、ミセス・リーはこれまでの経過を話しはじめた。ここ数日、右手がぴりぴりとしびれていたのですが、だんだん思うように動かなくなってきて、そのうちにブラウスのボタンが留められなくなりました。脳卒中でも起こしたのかと心配になって、地元のERを受診しました。MRI検査を受けて、ここに紹介されました。

「MRIの結果は聞きましたか?」と私は訊いた。

「いいえ」。要するに、私に責任が押しつけられたというわけだ。悪い知らせのときにはよくあることだ。どちらが患者に伝えるかで、腫瘍内科医と口論になることはよくあった。いったい私はこれまでに何度、同じことを繰り返してきただろう? いや、今日は今までとはちがうやり方をしよう。私はそう思った。

「わかりました」と私は言った。「お話しすることがたくさんあります。よかったら、ご自分の病気についてどこまで理解しているか教えていただけませんか? 教えてもらえるととても助かります。不明な点を残さないためにも」

「その、脳卒中を起こしたんだと思っていたんですけど、でもどうやら……ちがうんですよね？」

「はい。脳卒中ではありません」私は言葉を切った。先週の彼女の人生と、彼女が今から足を踏み入れようとしている人生とのあいだの途方もなく深い裂け目が見えた。彼女と夫には「悪性脳腫瘍」という言葉を聞く心の準備ができていないようだった（心の準備ができている者などいるだろうか？）。だから私は、数歩下がったところから始めた。「ＭＲＩ検査の結果、あなたの脳に腫瘤《しゅりゅう》ができていることがわかりました。そのせいで今の症状が出ているのです」

沈黙。

「ＭＲＩをご覧になりますか？」

「はい」

私はベッド脇のパソコンにＭＲＩの画像を表示し、位置関係がわかるように彼女の鼻と、目と、耳を指差した。それから、画面をスクロールして腫瘍を表示した。黒っぽい壊死《えし》部位を取り囲む、白いいびつな輪。

「あれはなんですか？」と彼女は質問した。

〝いろんな可能性があります。感染かもしれません。正確なことは手術をしてみないとわかりません〟

質問をうまくかわそうとする私の傾向はまだ消えていなかった。患者が何を心配しているのかは明らかなのに、その心配を患者の頭のなかで自由に漂わせておこうとする傾向だ。

「正確なことは手術をしてみないとわかりません」と私は言った。「でも、脳腫瘍の可能性が高いと思います」

「がん、ですか？」

「それもやはり、腫瘍を摘出して、病理検査をするまでは確定的なことは言えないのですが、私個人の意見としては、その可能性が高いと思います」

画像から判断して、進行の速い、最も悪性度の高い脳腫瘍である膠芽腫《こうがしゅ》にまちがいないと思われた。でも私はミセス・リーと彼女の夫の様子を見ながら、やわらかな口調で話しつづけた。悪性脳腫瘍の可能性を伝えられた瞬間から、それ以外のことはもうほとんどふたりの記憶には残らないはずだった。深皿いっぱいの悲劇は、ひとさじずつ与えられるほうがいい。なかにはごくまれに、一度に深皿ごとほしがる患者もいるけれど、たいていの患者は消化の時間を必要とする。ふたりは予後については尋ねなかった。たった一〇分の説明を聞いただけで大きな決断をしなければならないが、外傷の場合には、今の場合は焦る必要はなかった。私は今後の数日間のうちに起きるはずのことを詳しく説明した。手術に伴って起きること、美容上の配慮から頭髪は一部しか剃らないという点、術後は右腕の力がやや弱くなるけれど、その後、ふたたび強くなるという点。そして、すべて順調に進めば、三日後には退院できると伝えた。これはマラソンの第一歩にすぎず、しっかり休養を取ることが大切だと説明した。それから、こう言い添えた。「今私が話したことはきっとすっかり忘れてしまうと思いますが、ご心配なく、また最初から説明しますから」

手術のあとで、われわれはまた話をした。今度は、化学療法、放射線治療、そして予後について。この時点までに、私はいくつかの基本的なルールを学んでいた。ひとつ目は、詳しい統計学的数値というのはあくまでも研究発表の場のためのものであって、病室で語られるためのものではないということだ。基本的な統計解析法であるカプランマイヤー生存曲線は時間の経過に伴う生存率の推移を示すもので、医師はそれを用いて治療の進歩を評価したり、病気のたちの悪さを理解したりする。たとえば膠芽腫の場合には、曲線は急下降し、二年後には約五パーセントの患者しか生存していないことがわかる。

ふたつ目は、正確な話をするのは重要だけれど、希望を残すことを忘れてはならないという点だ。「平均生存期間は一一ヵ月です」とか、「二年後には九五パーセントの確率でお亡くなりになるでしょう」などと言うかわりに、「ほとんどの患者さんが何カ月も、ときに数年も生きられます」と言う。私にはこのほうが、より正直な説明に思える。個々の患者が生存曲線のどこにいるのかを言い当てることなどできないのだから。ミセス・リーが六カ月後に亡くなるか、それとも六〇歳で亡くなるかはわからないのだ。やたらと具体的な数字を並べるいんちき医者のように（「わたしの余命は六カ月だと医師に言われました」）、必要以上に厳密な話をするのはかえって無責任だと思うようになった。それにしても、あの医者たちはいったい何者なんだ？　誰が彼らに統計学を教えたんだ？

悪い知らせを聞いたとたん、患者はたいてい押し黙ってしまう（結局のところ、患者patientのもとの意味は〝不平も言わずにじっと困難に耐える人〟なのだ）。威厳を保つためか、それともショックのせいか、ほとんどの患者が黙り込んでしまうそんなときには、患者の手を握ることがコミュニケーションとなる。まれに、たちまち強気な態度を見せ、「私たちはこれと闘って、絶対勝ちますよ、先生」と言う者もいる（患者本人ではなく、配偶者のことが多い）。武器はさまざまだ。祈り、財産、ハーブ、そして幹細胞。けれど私にはいつも、そうした強気な姿勢がいかにも脆《もろ》いものに思えてしまう。絶望に押しつぶされないための唯一の方法のように感じられるのだ。

いずれにしろ、緊迫した手術の現場には好戦的な態度のほうが似合っている。

手術室のなかでは、灰色の腐りかけた腫瘍がまるで、ふっくらとした桃色の脳回への侵入者のように見え、私は強い怒りを感じ（捕まえたぞ、このクソ野郎、と私はつぶやく）、そして、腫瘍を摘出することで満足感を覚える。目に見えないがん細胞がすでに、正常そのものに見える脳全体に広がっているということはわかっているが。再発はほぼ必然的だけれど、それについてはまたべつの日に考えようと自分に言い聞かせる。一度にひとさじずつでいいのだ、と。人との関係性を積極的に受け容れる姿勢というのは、医師が教会の後陣から重大な真実を明かすという意味ではない。拝廊にしろ、身廊にしろ、患者がいる場所で患者と会い、そして、できるだけ奥のほうまで患者を導くということなのだ。

それでもなお、人との関係性を積極的に受け容れる姿勢はまた、代償を伴う。

研修三年目のある夜、私は友人のジェフにばったり会った。ジェフの専門は脳神経外科と同じくらいきつくて大変な科である、一般外科だった。われわれはどちらも相手が意気消沈していることに気づいた。「そっちからどうぞ」と彼が言ったので、私はまちがった色の靴を履いたせいで頭を撃たれて死んだ子供の話をした。でも、あと少しで助かりそうだったんだ……手術不能な悪性脳腫瘍の患者ばかり続いていたから、僕はその子にかけていたのに、助からなかった。ジェフは黙り込んだ。私は彼が話しはじめるのを待った。でもジェフは声をあげて笑い、私の腕にパンチして言った。

「どうやらひとつ学んだみたいだ。仕事のことで落ち込んだときには、脳神経外科医と話をすれば、ましな気分になれるって」

その日の夜遅く、車で家に向かいながら、私はラジオのスイッチを入れた。出産を終えたばかりの女性に、生まれてきた赤ん坊には脳がなく、長くは生きられないだろうと説明したあとのことだった。ナショナル・パブリック・ラジオがカリフォルニアで長引く旱魃《かんばつ》について報じていた。いきなり涙があふれ、頬を伝った。

こうした瞬間に患者と一緒にいたことで、私はまちがいなく感情的な代償を支払ってきたけれど、それと同時に、報酬も受け取ってきた。どんな日であれ、私は一分たりとも、なぜ自分はこの仕事をしているのだろうかとか、これはするだけの価値のある仕事なのだろうかと自分に問いかけたことはない。命を、いや、命だけでなく、他者のアイデンティティ（魂と言っても過言でないだろう）を守るという使命は、まぎれもなく神聖なものだったから。

患者の脳を手術するまえに、まずは患者の心を理解しなければならないのだと気づいた。アイデンティティや、価値観や、患者にとって生きる価値のある人生とはどんなものかという点や、何を奪われてしまったら、その人生を終わりにしてもしかたがないと思えるかについて。患者によい結果をもたらそうと献身すればするほどその代償は大きくなり、避けがたい失敗によって、私はほとんど耐え難いほどの罪悪感に襲われた。そうした重荷は医学を神聖なものにすると同時に、手に負えないものにもしている。他者の十字架を背負ったならば、医師はときにその重みに押しつぶされてしまうからだ。

研修期間が半ばを過ぎたころ、追加の訓練のための時間が設けられた。脳神経外科というのは医学の分野のなかでも特殊なのかもしれないが、あらゆる点で秀でていなければならないとする気風があって、そのために、脳神経外科医はひとつの医学分野だけですぐれていても不充分だと考えられている。つまり、脳神経外科を支えていくためには思い切って他の分野を開拓し、腕を磨かなければならないということだ。脳神経外科医でジャーナリストのサンジェイ・グプタのように、テレビをはじめとする公《おおやけ》の場に出ていく者もいるけれど、たいていの医師は関連分野に進む。最も厳しいものの、最も高い名声を得られる道はといえば、脳神経外科医でありながら脳科学者になるという選択だ。

研修四年目に、私はスタンフォード大学の研究室で働きはじめた。基礎的な運動神経科学と、神経系の補装具の開発が専門の研究室だった。たとえば、麻痺のある患者が思いどおりにコンピュータのカーソルやロボットアームなどを動かせるようにする補装具の開発だ。私と同じインド系二世の研究室長は電気工学と神経生物学が専門の教授で、みんなからは親しみを込めて「ヴィー」と呼ばれていた。七歳年上のヴィーと私は兄弟のように馬が合った。ヴィーの研究室は脳から放出されるシグナルの解析で世界をリードしていたのだが、私はヴィーの承諾を得て、それとは反対方向の研究に乗り出した。シグナルを脳に書き込むという研究だ。結局のところ、ロボットアームがどれくらい強くワイングラスを握っているかを感じることができなければ、次から次へと割ってしまうことになるからだ。しかし脳にシグナルを書き込むという療法、つまり、神経変調療法《ニューロモデュレーション》に秘められた可能性はそれだけではなかった。神経の興奮を制御できれば、現在は治療不能な神経精神疾患や、難治性の神経精神疾患の患者を治療することができるからだ。大うつ病性障害、ハンチントン病、統合失調症、トゥレット症候群、強迫性障害……可能性は無限大だ。いったん手術から離れて、私は「今までに類を見ない」一連の実験において遺伝子治療の新しい技術を応用する研究を開始した。

研究室に来て一年が経ったころ、ヴィーと毎週恒例のミーティングをしたときのことだ。そのころには私はヴィーとのミーティングの時間を楽しむようになっていた。ヴィーは私が知っているどの科学者ともちがっていた。おだやかな話し方をし、患者や臨床的な使命をとても大切にしていて、よく私に、自分もほんとうは外科医になりたかったのだと打ち明けた。科学者という職業はきわめて政治的で競争の激しい、苛烈な職業であり、楽な道へといざなう誘惑に満ちていることが私にもだんだんわかってきた。

しかしヴィーはどんなときも、誠実な（そしてしばしば、控えめな）道を選んだ。科学者というのはたいてい、最も権威ある科学誌に論文を掲載して自分の名前を世に出そうとさまざまな陰謀をめぐらすものだが、ヴィーは一貫して、われわれの唯一の義務は科学の物語を偽ることなく、そして妥協することなく語ることだと主張した。彼ほどの成功を収めながら、彼ほど善良な人物に私は会ったことがなかった。ヴィーはまさに、私にとっての鑑《かがみ》だった。

いつもなら、ヴィーは私が向かいに坐ると微笑むのだけれど、今日の彼は苦痛の表情を浮かべていた。ため息をついて、彼は言った。「頼みがあるんだ。今ここで、医者の帽子をかぶってくれないか」

「わかりました」

「医者たちの話では、どうやら私は膵臓がんになったみたいなんだ」

「ヴィー……そうですか。詳しく聞かせてください」

ヴィーは話しはじめた。徐々に体重が減ってきたこと、消化不良が続いていること、最近「念のために」おこなったCT検査（この段階としてはきわめて異例の検査だった）の結果、膵臓に腫瘍ができていることが判明したこと。それからわれわれは今後のことを話した。近い将来おこなわれるはずの恐るべきウィップル手術について（「トラックに轢かれたみたいな感じがするはずです」と私は話した）、最も腕のいい外科医は誰かという点について、彼の病気が妻子に与える影響について、そして、長い不在のあいだ研究室をどう運営していくかについて。膵臓がんは予後の悪いがんではあるけれど、言うまでもなく、ヴィーがどうなるかは誰にもわからなかった。

彼は少し黙ってから言った。「ポール。私の人生には意味があったと思うか？　私は正しい選択をしたのだろうか？」

驚きだった。私にとっての道徳的な模範である彼ですら、自らの死に直面して、このような疑問を抱くのだ。

ヴィーの手術と、化学療法と、放射線治療はどれも困難なものだったけれど、うまくいった。一年後、ちょうど私が臨床に戻ろうとしているころ、彼は仕事に復帰した。髪は薄くなり、白髪は増え、目の輝きはにぶくなっていた。最後の毎週恒例のミーティングで、ヴィーは私を見て言った。「全部やった甲斐があったと思えたのは今日が初めてだ。子供たちのためならどんなことでもしたというのはもちろん確かだが、すべての苦しみに価値があったと思えたのは、今日が初めてだ」

自分たちが患者を送り込む地獄がどんなものか、医師はいかに理解していないことか。


研修六年目に、私は病院でのフルタイム勤務に戻り、今ではヴィーの研究室で研究をおこなうのは休暇や休憩時間だけになった。たいていの人は、いちばん身近にいる同僚ですら、脳神経外科の研修という名のブラックホールについて理解していなかった。ある晩、仲のいい看護師のひとりが、長くてむずかしい手術を一〇時まで手伝ったあとで私に言った。「ああ、うれしい。明日は休みなんです。先生もお休みですか？」

「いや、ちがうけど」

「でも、朝は遅く出勤するんですよね？　いつもは何時ごろ出勤してるんですか？」

「朝の六時」

「まさか、ほんとうに？」

「ほんとうに」

「毎日？」

「毎日」

「週末も？」

「訊かないで」

研修時代についてはよくこんなふうに言われる。一日は長く、一年は短い。脳神経外科の研修では一日は午前六時に始まり、手術が終わるまで続くが、手術がいつ終わるかはどれだけ速く手術できるかにある程度かかっている。

レジデントの手術の腕前はテクニックとスピードで評価される。雑でもだめだし、遅くてもだめだ。初めて手術創を縫合した日以降、レジデントが正確さを追求することばかりに時間をかけすぎたなら、手術室技師は宣言するだろう。「どうやら今日は形成外科の先生のお世話をしなくちゃならないみたいだな！」とか、「先生の作戦がわかりましたよ。傷の上半分を縫いおわるころには、下半分は自然とくっついているってわけですね！　半分の仕事ですますなんて、なんて賢いんだ！」と。チーフレジデントはジュニアレジデントに助言するだろう。「今はとにかく、速く縫えるようになることだ。うまく縫えるようになるのはそのあとでいい」。手術室ではみんなの目が時計に向けられる。まずは患者のことを思って。麻酔をかけてからどれくらい経っただろう？　手術が長引くほど、神経が損傷され、筋肉が破壊され、腎不全が引き起こされる危険性が増すからだ。それから、自分たちのことを思って。今日は何時に帰れるだろう？

　手術時間を短縮するための戦略はふたつあることがわかった。それを説明するにはウサギとカメにたとえるのがいちばんわかりやすいかもしれない。ウサギはできるだけすばやく進む。手は目にもとまらぬ速さで動き、手術器具はかちゃかちゃと音を立て、床に落ちる。切開した皮膚はカーテンのようにすっと開かれ、取り外された頭蓋骨の一部は、骨粉がまだ舞っている時点ですでにトレーに置かれている。その結果、頭蓋骨に開けた穴の位置は微妙にずれていて、あちこちで一センチずつ広げる必要が出てくる。一方のカメは、慎重に進んでいく。無駄な動きはなく、二度計測し、切開は一度きりだ。手術のどの段階もやり直しの必要がない。すべてが正確に、整然と進んでいく。もしウサギがあまりに多くの小さなまちがいを重ね、そのたびにやり直さなければならないとしたら、カメのほうが勝つ。もしカメがそれぞれの段階ごとにあまりに長い時間をかけて計画を立てたならば、ウサギのほうが勝つ。

手術室での時間の流れについて面白い点は、猛烈な速さで手術をしようと、淡々と手術をしようと、外科医は時間の経過をまったく感じないというところだ。ハイデッガーが言うように「退屈とは時間の経過を意識することだ」としたら、手術はその対極にあるように思える。深く集中すると、まるで時計の針が気まぐれに動いているように感じられ、ときに二時間が一分のように思えることもある。最後の一針を縫いおわり、創《そう》をガーゼで覆った瞬間から、時間は突然、普通に動きだす。時間が動きだす瞬間のシューという音すら聞こえそうだ。そして外科医は考えはじめる。患者が麻酔から覚めるまであとどれくらいあるだろう？　次の患者が運ばれてくるまであとどれくらいあるだろう？　今晩は何時に家に帰れるだろう？

最後の患者の手術が終わって初めて、私は一日の長さを実感し、自分の足取りが重いことに気づいた。病院を出るまえの最後の事務的な仕事がまるで鉄床《かなとこ》のように感じられた。

明日まで待てないだろうか？

待てない。

ため息がひとつ漏れ、地球は太陽のほうへ逆回転しつづけた。

ほとんどすべての責任が、チーフレジデントである私の肩にのしかかった。そして成功の、あるいは失敗の機会はかつてないほど増えた。それまでに味わってきた失敗の痛みによって、私は手術の腕を磨くということは道徳上の必要条件なのだと悟った。善意だけでは足りないのだと。私の技術があまりに多くを左右する場合には。ほんの一、二ミリの差が悲劇と勝利を分ける場合には。

ある日のことだ。数年前に脳腫瘍で入院した際に病棟を魅了した少年、マシューが再入院した。実のところ、腫瘍を摘出する際にマシューの視床下部はほんのわずかに損傷を受けており、そのせいで、愛らしかった八歳の少年が今では一二歳の怪物になっていた。マシューはずっと食べつづけ、よくかっとなっては暴力を振るった。母親の腕には紫色の引っ掻き傷の痕がいくつも残っていた。最終的に、マシューは施設に入れられた。一ミリの損傷によって、悪魔に変えられてしまったのだ。どんな手術も、家族と医師が一緒に話し合い、利点が危険性を上まわるという結論に達してからおこなうのだが、それでも、今回の成りゆきには胸が引き裂かれる思いがした。体重一三〇キロの二〇歳の青年となったマシューがどんなふうになっているか、誰も想像したくはなかった。

パーキンソン病の振戦《しんせん》を治療するために、患者の脳の表層から九センチの深部に電極を入れたときのことだ。ターゲットは視床下核という小さなアーモンド形の構造物で、運動、認知、感情といった機能に関与する、いくつかの部位に分かれている。手術室で、われわれは患者の振戦が改善するか確かめるために電流を流した。全員の目が患者の左手に向けられ、誰もが振戦はよくなったと判断した。

よい結果を確かめ合うわれわれのつぶやきを、困惑した患者の声がかき消した。

「なんだか……ものすごく悲しいんですが」

「電流を切るんだ！」と私は言った。

「ああ、気分が落ちついてきました」と患者は言った。

「もう一度、電流とインピーダンスを確認してみましょう、いいですか？　それじゃあ、電流を流して……」

「だめだ、何もかも……とにかく……ものすごく悲しいんです。暗くて……それで、それで……悲しいんです」

「電極を取り出そう！」

われわれは電極を引き出し、それから、もう一度入れた。今度はさっきの二ミリ右に。振戦は消えた。ありがたいことに、患者の気分も良好だった。

一度、夜遅くに、脳神経外科の指導医のひとりと一緒に脳幹部奇形の症例に対する後頭下開頭術をおこなったことがあった。おそらくは最も洗練された、体のなかで最もむずかしい部位の手術だ。どれほど経験を積んでいても、その部位に到達すること自体が細心の注意を要した。でもその晩、私は自分の動きがとてもなめらかに感じられた。手術器具はまるで私の指の延長のようで、皮膚も、筋肉も、骨も、あたかもチャックがひとりでに開くかのようにすっと開いた。私はそこに立ったまま、脳幹（多数の生命維持機能を含む）の奥深くに埋まった光沢のある黄色い塊をじっと見つめていた。いきなり、指導医が私を止めた。

「ポール、あそこを二ミリ深く切りすぎたらどうなる？」と彼はある部位を指して言った。

神経解剖学のスライドが私の頭のなかを駆けめぐった。

「複視？」

「ちがう」と彼は言った。「閉じ込め症候群だ」二ミリのちがいで、四肢は完全に麻痺し、患者は瞬きしかできなくなる。指導医は顕微鏡から目を離さずに言った。「なぜ答を知っているかというと、私が三度目にこの手術をしたときに、まさにそれが起こったからだ」

脳神経外科医には自分自身の技術向上へのこだわりと、患者のアイデンティティに対する責任が求められる。手術を決断する際には、医師は自分自身の能力を正しく評価し、患者はどういう人物なのか、患者にとって大切なものはなんなのかを深く理解していなければならないのだ。脳にはほぼ不可侵の領域があり、たとえば、一次運動野が損傷されると、損傷された部位がつかさどっている体の部分が麻痺してしまう。しかし最も侵してならないのは、大脳皮質の言語中枢だ。ほとんどの人の場合、言語中枢は左半球にあり、ウェルニッケ野およびブローカ野と呼ばれている。ウェルニッケ野は言語理解をつかさどり、ブローカ野は発話をつかさどる。ブローカ野が損傷されると、患者は話したり書いたりすることができなくなるが、言語を理解することはできる。ウェルニッケ野が損傷されると、患者は言語を理解できなくなるが、話すことはできる。しかしその場合、患者の話す言語はたがいに関連のない単語や言いまわしやイメージや文法の連なりでしかなく、意味をなさない。もし両方の言語野が損傷されたなら、人間性の核となるものが永久に奪われてしまい、患者は孤立してしまう。そのため、頭部外傷や脳卒中のあとで患者の言語野が損傷を受けてしまった場合には、命を救いたいという外科医の衝動は抑制される。言葉を失って、どんな人生を送ればいいのだろう？

医学生のころに私は初めて、言語野が損傷された患者に会った。脳腫瘍を患った六二歳の男性だった。朝の回診でわれわれが男性の病室を訪れた際に、ひとりのレジデントが男性に尋ねた。「ミスター・マイクルズ、今日の具合はいかがですか？」

「4、6、1、8、19！」と男性はどことなく愛想のいい口調で答えた。

脳腫瘍が発話のための神経回路を邪魔しているために、男性は番号を並べることしかできなくなっていたのだけれど、抑揚をつけたり、感情を表したり、笑みを浮かべたり、顔をしかめたり、ため息をついたりすることはできた。彼はまたべつの番号を並べたが、今度の口調は切羽詰まっていた。われわれに伝えたいことがあるようだったが、その数字から伝わるのは恐怖心と怒りだけだった。医師たちは病棟を去ろうとしていたが、私はなぜかそこに留まった。

「14、1、2、8」と彼は私の手を握って訴えた。「14、1、2、8」

「すみません」

「14、1、2、8」と私の目を覗き込みながら、男性は悲しげに繰り返した。

私は男性のもとを去り、チームのあとを追った。男性は結局、数カ月後に亡くなり、どんなものであれ、彼が外の世界に伝えたかったメッセージとともに埋葬された。

腫瘍や奇形が言語野に接している場合、外科医はとても慎重になり、いくつもの画像検査と詳しい神経精神学的検査をオーダーする。そして手術自体も、患者が覚醒し、話すことのできる状態でおこなわれる。脳を露出させると、腫瘍を摘出するまえに、外科医は患者に物の名前を言ってもらったり、アルファベットを暗唱してもらったりしながら、携帯型刺激電極を使って大脳皮質の小さな領域を電気刺激する。重要な部位に電流が流れ込んだとたん、患者はうまく話せなくなり、たとえば、「A、B、C、D、E、グー、グー、グー、ルー……F、G、H、I……」と言ったりする。安全に切除できる範囲を定めるために、脳と腫瘍はこのようにマッピングされ、そのあいだじゅう患者はずっと覚醒したまま、型どおりの言語課題をこなしたり、医師と雑談したりする。

ある晩、そうした症例の手術の準備をしながら、私は患者のMRIを見直し、腫瘍が言語野を完全に覆っている点を心に留めた。いい徴候ではなかった。私はカルテにもう一度目をとおした。外科医と、腫瘍内科医と、放射線科医と、病理医で構成される病院の専門委員会である腫瘍委員会は、この手術を危険すぎるとみなしていたことがわかった。〝執刀医はなぜ手術を選択などできたのだろう？〟私は少し腹が立ってきた。ある時点まで来たら、手術をするべきではないと言うのもわれわれの仕事のはずだ。患者が車椅子で手術室に連れてこられた。彼は私を見据え、自分の頭を指差して言った。「こいつをおれのくそ頭から取り出してくれ。いいか？」

指導医がやってきて、私の表情を見て言った。「言いたいことはわかっている。静かにしていてくれるように二時間も説得したんだがね。何を言っても無駄だよ。さて、準備はいいか？」

手術のあいだじゅう、われわれはいつものアルファベットの暗唱や数を数える課題ではなく、悪態と説教を聞かされるはめになった。

「あのくそを取り出したか？　なんでペースを緩めるんだ？　もっと急げ！　何がなんでも取り出すんだ。一日じゅう、ここにいてやってもいいから、とにかく取り出せ！」

巨大な腫瘍をゆっくりと摘出しながら、失語症のかすかな徴候が現れないかと私は耳を傾けた。腫瘍はペトリ皿に置かれた。患者は依然としてひとりで話しつづけ、腫瘍を取り除かれた脳は光沢を放っていた。

「なんでやめたんだ？　おまえらはアホか？　取り出せって言っただろ！」

「終わりましたよ」と私は言った。「ちゃんと取り出しました」

なぜ彼はまだ話すことができるのだろう？　腫瘍の大きさと部位を考えたなら、不可能なことに思えた。悪態のための神経回路はそれ以外の言語の回路とはやや異なっていると考えられていた。もしかしたら腫瘍のせいで神経回路のつながり方が変化したのかもしれない……

でも頭蓋骨は勝手に閉じてはくれなかった。あれこれ推測するのは明日にしよう。

私の研修は絶頂期を迎えていた。重要な手術はすでにマスターしており、研究が認められていくつかの栄誉ある賞を受賞してもいた。国じゅうのさまざまな病院から採用の打診があった。スタンフォード大学もまた、神経調節の技術開発を専門とする脳科学者兼脳神経外科医という私の目標にぴたりと合う役職の人材を探しはじめていた。

ジュニアレジデントのひとりが私のところにやってきて言った。「ボスたちから聞きましたよ。もし先生が採用されたら、僕の指導教官になるんですよね！」

「しーっ」と私は言った。「口に出して言ったりしたら、つきが逃げるじゃないか」

生物学と、道徳と、生と、死のそれぞれの糸がようやく織り合って、完璧な道徳体系とまではいかなくても、一貫性のある世界観とそのなかでの私の位置感覚を生み出しつつあるように感じられた。緊張感あふれる分野の医師たちは、患者の人生が変化する瞬間に、人生とアイデンティティが脅威にさらされるそのまぎれもない瞬間に患者と出会う。したがって医師の仕事には、患者の人生を生きるに値するものにしているのはなんなのかを知り、可能ならばそうしたものを守るための計画を立てることも含まれる。もし不可能なら、安らかな死をもたらすことも。そのような権限を行使するためには深い責任感が必要とされ、医師は罪悪感と非難の分けまえを受け取らなければならない。

携帯が鳴ったとき、私はサンディエゴで会議に出席していた。電話の主は同期のレジデント、ビクトリアだった。

「ポール？」

いやな予感がした。胃がきりりと痛んだ。

「どうかした？」と私は言った。

沈黙。

「ビクトリア？」

「ジェフのことなの。彼、自殺したの」

「なんだって？」

ジェフは中西部にいて、もうすぐ外科のフェローシップを終えるはずだった。ふたりともひどく忙しくて……しばらく連絡を取り合っていなかった。最後に彼と何を話したか思い出そうとしたけれど、思い出せなかった。

「ジェフは、その、何か複雑な事情を抱えていたみたいで、おまけに、担当の患者さんが亡くなって。昨日の夜、ビルの屋上にのぼって、飛び降りたの。私が知っているのはそれだけ」

彼の死を少しでも理解したくて、私は質問を探してみたが、何も思いつかなかった。想像できたのは、津波のような圧倒的な罪悪感だけだった。それがジェフを持ち上げて、ビルから放り投げたのかもしれない。

ジェフと一緒にその晩、病院のドアから出ていきたかった。昔みたいに、おたがいを憐れみ合いたかった。人生について、われわれが選んだ生き方について、私が何を悟ったかジェフに話したかった。たとえ賢明で抜け目のない彼の忠告を聞くだけだったとしても。

死は誰にでも訪れる。医者にも、患者にも。生きて、呼吸し、代謝する生物としてのわれわれの運命だ。たいていの人生というのは死に向かう、自分にも、まわりの人にも起きることに向かう受動的な歩みだ。でも私もジェフも長年のあいだ、死と能動的にかかわり、天使と格闘するヤコブのように死と闘う訓練を受け、そうするなかで、人生の意味に向き合ってきた。道徳的責任という煩わしい軛《くびき》を受け容れてきた。患者の人生とアイデンティティはもしかしたら、われわれ医師の手のなかにあるのかもしれないが、勝つのはいつだって死のほうだ。たとえ完璧な医師になれたとしても、世界が完璧になることはない。自分に渡されているのは不利なカードであり、おそらく自分は負けるだろうし、手も、判断も、誤るかもしれない。それでも、患者のために勝とうともがきつづけることは知っている。それが秘訣なのだ。けっして完璧にはたどり着けないが、かぎりなく完璧に近づく漸近線《ぜんきんせん》が存在すると信じることはできる。自分はそこに向かって絶え間なく奮闘しているのだと信じることはできる。

courtesy of Lucy Kalanithi
ポールとルーシーの結婚式。

© Sun Photographics
２人は何度も話し合い、互いに気遣い、葛藤した末に子供をもとうと決意する（第２部）。

第二部　最期まで歩みを止めてはならない

もしも私が著述家であったら、いろいろな死の注釈づきの記録をつくるであろう。人に死ぬことを教えることは生きることを教えることであろう。

——ミシェル・ド・モンテーニュ「哲学をきわめるとは死ぬことを学ぶこと」

パソコンの画面にＣＴスキャンの画像を表示したまま、病院のベッドでルーシーと並んで横たわり、ふたりで泣いていたそのとき、医師という私のアイデンティティはもはやなんの意味も持ってはいなかった。がんはすでに多くの臓器に転移しており、診断に疑いの余地はなかった。部屋のなかは静かだった。ルーシーが「愛している」と言った。「死にたくない」と私は言った。「再婚してほしい、きみがひとりきりになるなんて耐えられない」と言った。「すぐに住宅ローンを借り換えなくては」と言った。私たちは家族に電話をかけはじめた。ある時点で、ビクトリアが部屋にやってきて、われわれは画像についてや、今後予想される治療について話し合った。研修に戻る計画についてビクトリアが話しはじめたので、私は彼女を止めた。

「ビクトリア」と私は言った。「僕はもうこの病院に医師として戻ることはないよ。そう思わないか？」

私の人生の第一章はすでに終わったように思えた。ひょっとしたら、本全体が終わろうとしているのかもしれなかった。人生の転換期に手を差しのべる司祭の役割をはたすはずが、気づけば私自身が道に迷い混乱した羊になってしまっていた。深刻な病気というのは人生を脅かすものではなく、人生を粉々に破壊するものだった。本質が顕現したりはしなかった。いきなり明るい光が差し込んで、〈真に大切なもの〉を照らし出したりはしなかった。未来へ続く道を誰かに爆破されたように感じただけだった。私は方向を変えなければならなくなった。

弟のジーバンがベッドのそばにやってきた。「兄さんはすごくたくさんのことを成し遂げたじゃないか」と彼は言った。「そうだろう？」

私はため息をついた。善意で言ってくれたはずのその言葉は虚ろに響いた。自分がこれまでずっと積み上げてきた可能性が実現することはもはやなかった。多くを計画し、あと少しでそれが現実のものとなるところまで来ていたのに、私の体は衰弱し、想像していた未来も、私個人のアイデンティティも崩壊し、私は今、自分の患者と同じように途方に暮れていた。これからどう生きればいいのか、と。肺がんの診断は揺るぎなかった。慎重に計画し、ようやく手に入れた私の未来はもはや存在しなかった。仕事でお馴染みだった死が、今では私のもとへ個別に訪れていた。私は今、ついに死と正面から向き合っていたが、それのどこにも見覚えはなかった。私は交差点に立っていた。長年のあいだ自分が治療してきた数え切れないほどの患者の足跡が、そこから見えるはずだった。それを辿っていけばいいはずだった。だがまるで、見覚えのある足跡を砂嵐が残らず消してしまったかのように、見えるのはただ、なんの道しるべもない、荒涼とした、ぎらぎら光る白い砂漠だけだった。

陽が沈みかけていた。明日の朝、私は退院する予定だった。腫瘍内科の受診は週の後半に予定されていたが、担当の腫瘍内科医が今晩、子供たちを迎えにいくまえに病室に立ち寄るはずだと看護師に伝えられた。担当医の名前はエマ・ヘイワード。初診のまえに挨拶をしたいそうだった。以前、彼女の患者を数人治療したことがあったので、エマのことは少し知っていたが、仕事上の儀礼的なやりとり以上の会話をしたことはなかった。私の両親と兄弟はほとんど会話をすることもなく、病室の別々の場所にいて、ルーシーはベッドの傍らに坐って私の手を握っていた。ドアが開き、エマがはいってきた。白衣こそ長い一日の消耗を物語ってはいたが、笑みは新鮮だった。うしろにフェローとレジデントが続いた。エマは私の数年歳上で、髪は黒く長かったけれど、長い時間を死とともに過ごしている者の例に漏れず、ところどころ白髪が交じっていた。エマは椅子を引き寄せた。

「こんにちは、わたしの名前はエマです」と彼女は言った。「今日はあまり時間がなくてすみません。でも顔を出して、自己紹介しておきたくて」

腕に点滴の管が絡まったまま、私は彼女と握手した。

「来てくれてありがとうございます」と私は言った。「お子さんを迎えにいかなくちゃならないんですよね。ここにいるのはうちの家族です」彼女はルーシーと、兄弟と、両親に会釈した。

「ご自身や家族のみなさんの身にこんなことが起きてしまい、ほんとうに残念です。二日後にはゆっくり話す時間があります。腫瘍の標本をすでにいくつかの検査にかけていて、その結果しだいで治療の方向性が決まると思います。化学療法をやるかやらないか」

一八カ月前、私は虫垂炎にかかってこの病院に入院した。そのときは患者としてではなく同僚として、自分という症例についての相談役といったような扱いを受けた。今回も同じように扱われることを期待していた。「今はこの話をすべきでないのはわかっていますが」と私は言った。「いずれ、カプランマイヤー生存曲線について話をしたいのですが」

「それはだめです」と彼女は言った。「絶対に」

短い沈黙ができた。よくもそんなことが言えるものだ、と私は思った。医師は、私のような医師は、あの曲線を使って予後を予測するんじゃないのか。私には知る権利があるんだ。

「治療についてはあとで話しましょう」と彼女は言った。「仕事への復帰についても話しましょう。復帰を望んでおられるなら。従来の抗がん剤の組み合わせはシスプラチンとペメトレキセド、それに、おそらくはアバスチンなのですが、それだと末梢神経障害が起こりやすいので、シスプラチンをカルボプラチンに替えることになると思います。そのほうが神経障害が起こりにくいので。あなたは外科医ですものね」

復帰だって？　この人はいったいなんの話をしているんだ？　何か勘ちがいをしているのだろうか？　それとも、自分の予後について完全にまちがっているのは私のほうなのだろうか？　いずれにしろ、現実的な生存率について話さずに、いったいどんな話ができるというんだ？　この数日のあいだにゆがみ、大きくうねった地面が、今またゆがんだ。

「詳しい話はあとでしましょう」と彼女は続けた。「受け容れるにはあまりに大きなことですから。それに今日は、木曜の受診のまえにみなさんにお目にかかっておきたかっただけなので。何かわたしにできることはありますか？　今日のうちに訊いておきたいことは？　生存曲線以外に？」

「いいえ」なおも動揺したまま、私は言った。「立ち寄ってくれてありがとうございました。とても感謝しています」

「わたしの名刺です」と彼女は言った。「外来の電話番号が書いてあります。二日後の受診日までに何か思いついたらいつでも電話してください」

わたしの家族と友人はすぐに、知り合いの医療関係者のネットワークにメールを送り、アメリカでいちばん腕のいい腫瘍内科医は誰か調べてくれた。ヒューストンとニューヨークに大規模ながんセンターがあった。私はそこで治療を受けたほうがいいのだろうか？　引っ越しするか、一時的に移るかして。具体的な計画についてはあとで決めればいい。すぐに返事が来たが、ほぼ全員が同じ答だった。エマは世界的にも有名な、最も優秀な腫瘍内科医のひとりで、アメリカの主要ながん諮問委員会で肺がんの専門家としての役目をはたしていた。さらに、患者に寄り添うことができる医師であり、攻めるべきときと、留まるべきときをわきまえている医師だということだった。

私は少しのあいだ、自分がここにたどり着くまでの一連の出来事について考えた。コンピュータのマッチングで研修先が決まったこと、結果的にこの病院に配属されたこと、恐ろしい診断を言い渡されたこと、そして偶然にも、その分野で最もすぐれた医師のひとりに治療されることになったこと。

病院のベッドの上で過ごしているうちに、がんは進行していき、私は見る見る弱っていった。私の身体と、身体に結びつくアイデンティティが劇的に変化した。ベッドから出てトイレに行くという動作が今ではもう、大脳皮質下がつかさどる自動的な運動プログラムではなくなり、努力と計画を要するようになった。理学療法士が家での移動を助ける道具のリストをくれた。杖、手すりつき便座、横になっているときに脚を支える発泡スチロールのブロック。新しい痛み止めがいくつも処方された。よろよろと病院をあとにしながら、私は不思議に思った。ほんの六日前に私はなぜ、三六時間近くもぶっとおしで手術室にいられたのだろう、と。一週間でこんなにも弱ってしまったのだろうか？　確かに、それは事実だった。でもあの三六時間を乗り切るために、私は数々の芸当を使い、仲間の外科医たちの助けを借りていたのだ。それでも、耐え難い痛みに苦しんでいた。ＣＴスキャンも血液検査も単にがんができているだけではなく、体ががんに乗っ取られ、死に近づいていることを示していた。恐れていたことが現実になったことで、私は仕事の義務からも、患者と、脳神経外科と、善の追求という義務からも解放されたということなのだろうか？　そうなのだろう、と思った。そしてその点こそが、パラドックスだった。私をこれまで駆り立ててきた、病に苦しむ人々を治療するという義務がなくなった今、まるでゴールテープを切った瞬間に倒れるランナーのように、起き上がることすら難しくなったのだ。

あまり経験したことのない病状の患者を受け持つと、私はたいてい、その分野の専門家に相談したり、関連する文献を読んだりする。今回も同じ必要性を感じたのだけれど、無数の薬剤と、特定の遺伝子変異を標的とするより近代的な新しい治療法が含まれている化学療法についての文献を読んでいくにつれ、あまりに多くの疑問が浮かんできたために、的を絞った有効な勉強ができなくなった（一八世紀のイギリスの詩人アレグザンダー・ポウプは言っている。「半可通の学識は危険なことこの上もない／詩神の泉を掬《むす》ぶとならば深く飲め。さもなければ口もつけるな」）。私にはその分野の適切な経験がなかったために、新しい情報の世界に自分を位置づけることも、自分がカプランマイヤー生存曲線のどこにいるのかもわからなかった。受診日が待ち遠しかった。

しかし、たいていは休んでいた。

体を起こして、メディカル・スクール時代のルーシーと自分の写真を眺めていると、悲しみが押し寄せてきた。写真のなかのふたりは笑いながら踊っていた。ともに過ごす人生の計画を立てていたあのころの私たちは、自分たち自身の脆さには気づいていなかった。脆さなどみじんも疑っていなかった。友人のローリーが自動車事故で死んだとき、彼女には婚約者がいた。いったいどちらのほうが残酷なのだろう？

私の生活を医師の生活から患者の生活へと変えるべく、家族は慌ただしく動きまわった。通信販売の薬局のための口座をつくり、ベッドの柵を注文し、ひどい腰痛を軽減させるために、人間工学に基づくマットレスを買った。私の収入が来年には六倍に増えることを見込んで数日前に立てられたわが家の資産運用計画は今では危ういものに見えたし、ルーシーを守るためにはさらにいくつかの金融商品が必要だと思われた。父は宣言した。こうした変更は病気への条件つき降伏にすぎず、息子はいずれこいつに打ち勝つのだ、とにかく治るのだ。患者の家族がこれと同じ宣言をするのを私はこれまで幾度耳にしてきたことだろう？　そのたびに、家族にかける言葉を見つけることができなかった。今は父にかける言葉を見つけることができなかった。

もうひとつのシナリオはどんなものなのだろう？

　二日後に、ルーシーと私はエマの外来を受診した。家族が待合室のなかを行ったり来たりするあいだ、医療助手が私の血圧や体温を測定した。エマと診療看護師は驚くほど時間に正確だった。エマは私のまえに椅子を引き寄せ、面と向かって、目と目を合わせながら話ができるようにした。

「先日はどうも。こちらはアレクシス、わたしの右腕です」と言いながら、エマはパソコンのまえに坐って記録を取っている診療看護師を手振りで示した。「話さなくてはならないことがたくさんあるのはわかっているのですが、でもまずは、具合はいかがですか？」

「悪くないです、すべてを考え合わせると」と私は言った。「〝休暇〟を楽しんでいる、といったところでしょうか。そちらはいかがですか？」

「えっ、ああ、元気ですよ」エマは言葉を切った。患者というのは普通、医者に体調を尋ねたりしないものだ。でも彼女は同僚でもあった。「今週は病棟も担当しているんですけど、どんな感じか、わかりますよね？」エマは微笑んだ。実際のところ、ルーシーと私にはよくわかった。外来の担当医は定期的に病棟も担当するのだけれど、その期間は、びっしり詰まった外来スケジュールにさらに数時間の病棟勤務が加わるのだ。

さらに他愛のない会話を続けたあとで、われわれは肺がん研究の現状について気楽に話し合った。「道はふたつあります」と彼女は言った。「伝統的な治療法は分裂の速い細胞を標的とする化学療法です。標的となるのは主にがん細胞ですが、骨髄や、毛包や、消化管などの細胞も標的になります」。エマは医師を相手に説明するときのように、データや選択肢を示しながら話した。とはいえ、カプランマイヤー生存曲線についてだけは絶対に触れなかったけれど。一方で、がん細胞に特有な分子の異常を標的とした新しい治療法も開発されていた。長年のあいだ、そうした治療法はがん研究における聖杯であり、開発に向けた努力については私も噂に聞いていたが、研究のあまりの進歩には驚かされた。その治療法のおかげで、長期間生存している患者もないかにはいるようだった。

「検査の結果はほとんど戻ってきています」とエマは言った。「あなたのがんにはＰＩ３Ｋ変異が存在していることが判明したのですが、それが何を意味しているのかはまだ誰にもわかりません。あなたのような患者さんの場合、最もよく見られるのはＥＧＦＲ変異なのですが、それがあるかどうかの結果はまだ出ていません。でもわたしはＥＧＦＲ変異があると踏んでいて、もしあったら、化学療法を受けるかわりに、タルセバという錠剤を飲むことになります。ＥＧＦＲの結果は明日、金曜に戻ってきますが、あなたはもうすでに充分具合が悪いので、陰性だった場合にそなえて月曜から化学療法を始められるように準備を整えておきました」

とっさに親近感を覚えた。これこそが、脳神経外科医としての私のやり方だった。つねに計画ＡとＢとＣを同時進行させるのだ。

「化学療法の場合、まずカルボプラチンにするかシスプラチンにするかを決めなくてはなりません。両者を比較した単発の研究では、副作用はカルボプラチンのほうが軽いという結果が出ています。がんに対する効き目はシスプラチンのほうが高い可能性がありますが、副作用はずっと強くて、とりわけ末梢神経障害がよく見られます。とはいえ、データはすべて古いもので、最近の化学療法のプロトコールで両者を直接比較してはいないのですが。何かご意見はありますか？」

「また手術ができるように、手の機能を守りたいとはそれほど思っていません」と私は言った。「ほかにもやれることはたくさんありますから。手が使えなくなったら、べつの仕事を見つけてもいいし、仕事をしなくてもいいし」

彼女は少し黙ってから言った。「教えてほしいんですが、手術はあなたにとって大切なものですか？　あなたがしたいことですか？」

「まあ、そうですね。手術ができるようになるために、人生の三分の一近くを費やしてきたわけですから」

「わかりました。では、カルボプラチンにしましょう。生存率は変わらないはずですが、生活の質はまちがいなく、劇的に変わるはずです。ほかに何か質問はありませんか？」

　進むべき道はこちらだとエマは確信しているように見え、私はそんな彼女に安心してついていくことができた。もしかしたら、また手術ができる可能性もあると信じはじめたのかもしれない。少しくつろいだ気分になった。

「煙草を吸いはじめてもいいですか？」と私は冗談を言った。

　ルーシーが声をあげて笑い、エマはあきれたように目をぐるりとさせた。

「だめです。まじめな質問はありませんか？」

「カプランマイヤー――」

「その話はしません」と彼女は言った。

　なぜそこまで抵抗するのか理解できなかった。結局のところ私は医師であり、そうした統計には慣れ親しんでいるというのに。自分で調べればいいのだ……つまり、それは私がしなければならないことなのだ。

「わかりました」と私は言った。「話の内容はちゃんと理解できたと思います。明日、EGFRの結果が出たら連絡をもらって、陽性ならタルセバという錠剤を飲みはじめる。陰性なら、月曜から化学療法を始める」

「そのとおりです。ほかに知っておいてほしいのは、今はわたしがあなたの主治医だということです。何か問題があったら、普段ならかかりつけ医を受診するような場合でも、まずはわたしのところに来てください」

私はまた、強い親近感を覚えた。

「ありがとうございます」と言った。「病棟が平和でありますように」

エマは部屋をあとにしたが、すぐにまた顔を覗かせて言った。「これ、断ってくれても全然いいんですが、肺がん患者のための基金集めをしている団体があって、その人たちがきっとあなたに会いたがるだろうと思って。今すぐ答えなくていいですから、少し考えてみて、もし興味があったらアレクシスに伝えてください。でも、やりたくないことは絶対にやらないこと」

帰り際、ルーシーが言った。「すごい人ね。あなたにぴったりの先生。ただ……」

ルーシーは笑みを浮かべた。「彼女はきっと、あなたのことが好きなのね」

「だから？」

「その、ある研究によれば、個人的に思い入れのある患者の予後を医師はうまく見極められないらしいの」

「僕らが心配しなくちゃならないことのリストのなかで」と私は笑いながら言った。

「それは下位四分の一にはいるな」

自分自身の死すべき定めと緊密に接するようになった結果、何ひとつ変わらないと同時に、すべてが変わってしまった。がんという診断を受けるまえは、自分がいつか死ぬことはわかっていたが、それがいつなのかはわからなかった。診断を受けたあとも、自分がいつか死ぬことはわかっていたが、それがいつなのかはわからなかった。でも今は、自分が死ぬのだということを痛感していた。問題は必ずしも科学的な事実ではなかった。死という事実そのものが不安をかき立てるのだ。でも今はとにかく、こんなふうに生きていくしかない。

医学的な霧が徐々に晴れてきた。少なくとも今では、文献に没頭できるだけの充分な情報を得ていた。正確な数字ははっきりしなかったが、がん細胞がＥＧＦＲ変異を有するなら、余命は平均で一年ほど延びるとされていて、長期生存の可能性も出てくることがわかった。逆にEGFR変異を持たなければ、八〇パーセントの確率で二年以内に死亡するとされていた。残りの人生の意味を明らかにする作業は、段階を踏んだものになりそうだった。

翌日、ルーシーと私は配偶子と選択肢を残すために精子バンクを訪れた。私たちは以前からずっと、私の研修期間が終わったら子供を持とうと計画していた。でも今では抗がん剤が私の精子に未知の影響をおよぼす可能性があったので、子供を持つチャンスを残すには、私の治療が始まるまえに精子を凍結する必要があった。支払い計画や、凍結法の選択肢や、所有権の法的書類について、若い女性が丹念に説明してくれた。女性の机の上には若いがん患者のための社交の場を紹介したカラフルなパンフレットがいくつも置いてあった。即興演劇グループ、アカペラ・グループ、自由参加でステージに立てる夜のイベントなど。私にはパンフレットのなかの幸せそうな顔が羨ましかった。統計学的にいって、彼らが患っているのはおそらく治療可能ながんのはずであり、余命も長いはずだと知っていたからだ。三六歳で肺がんになる確率は〇・〇〇一二パーセントしかなかった。確かに、すべてのがん患者が不運ではあるけれど、がんにはたちのいいものと悪いものとがあり、ほんとうに不運なのは後者を患った者だ。もし夫婦のどちらかが「亡くなることになった」場合にどうするか、つまり、どちらかが死亡した場合の精子の法的な所有者は誰になるかを明記してほしいと女性が言うと、ルーシーの頰を涙が伝った。

希望hopeという言葉が初めて英語に登場したのは約一〇〇〇年前のことで、欲望と確信とを混ぜ合わせた概念を意味していた。でも私が欲しているもの（生）は、私が確信しているもの（死）ではなかった。だとしたら、私が希望について話すときには、実際には「根拠のない欲望のための余地を残してくれ」と言いたいのだろうか？そうではない。医療統計学は平均生存期間といったような数値を出すだけではなく、信頼度、信頼区間、信頼限界といったツールを用いてその数値に対する確信度も測定する。つまり私は、「統計学的には起こりそうにないけれど、それでも、もっともらしいと思える成りゆき、そう、95％信頼区間の上限より少し長い生存期間のための余地を残しておいてくれ」と言いたいのだろうか？　それが希望の正体なのだろうか？生存曲線を「敗北」、「悲観的」、「現実的」、「希望」、「妄想」という存在状態のセクションに分けることはできるだろうか？　数字というのはただの数字ではないということか？　われわれはみな、どの患者も平均より長く生きられるという「希望」に屈してしまっているのだろうか？

ふと思った。私の統計へのかかわり方は、自分が統計の一部になったとたん変わってしまったのだと。

研修期間のあいだに、私は数え切れないほどの患者や家族と向かい合って坐り、厳しい予後について話をしたが、それは医師にとって最も大切な仕事のひとつだった。すでに認知症がかなり進んでいる九四歳の患者が重度の脳出血を起こした場合には、まだ話がしやすいといえるけれど、私のような患者、三六歳で、末期がんと診断された患者には、どう話していいかわからない。

医師が患者に具体的な数字を教えないのは、それが不可能だからというだけではない。確かに、もし患者の予測が可能性の範囲を大きく超えていて、たとえば、一三〇歳まで生きると予測していたり、良性の皮膚のしみを見て、自分はすぐに死ぬのだと予測していたりする場合には、医師はそうした予測を合理的な可能性の範囲内に戻さなければならない。しかし患者がほんとうに知りたいのは医師が隠している科学的知識ではなく、自分という存在の真の意味であり、それはそれぞれの患者が自分自身で見いだすべきものなのだ。統計にこだわりすぎるのは海水で喉の渇きを癒そうとするのに似ている。死すべき定めに直面する不安を癒す治療薬は、統計のなかには存在しない。

精子バンクから帰ってきたところで電話があり、私のがんには治療可能な遺伝子変異（ＥＧＦＲ）が存在すると伝えられた。ありがたいことに、化学療法は取りやめになり、小さな白い錠剤タルセバが私の治療薬となった。薬を飲みはじめてすぐに、体調が回復しはじめた。今ではもうその正体がなんなのかわからなくなっていたものの、それでも、一滴の希望を感じることができた。私の人生を覆っていた霧はさらに一インチ後退し、一片の青空が覗いた。その後の数週間で食欲が戻ってきた。体重が少し増えた。タルセバ服用中に特徴的で、かつ、薬がよく効いていることを示すひどいニキビができた。ルーシーは以前からずっと、私のなめらかな肌が好きだと言ってくれていたけれど、今では私の顔はでこぼこで、おまけに抗凝固剤のせいでしょっちゅう出血していた。ハンサムといえるなんらかの特徴が私にあったとしたら、それらは少しずつ消えていった。でもそれはしかたのないことであり、私は自分が醜くなりながら生きつづけているのがうれしかった。ニキビも何もかもひっくるめて、まえと同じくらい私の肌が好きだとルーシーは言ってくれた。われわれのアイデンティティは脳から引き出されるものだけではないことはわかっていたものの、私自身は脳が具現化する性質をまとって生きていた。ハイキングや、キャンプや、ランニングが好きで、大きな抱擁で愛を表現し、くすくす笑う姪っ子を宙高く放る男は、今はもういなかった。せいぜいもう一度その男になることを目指すことくらいしかできなかった。

隔週の受診日の最初の数回のあいだに、エマと私の会話の内容は医学的なもの（「吹き出物の具合はどう？」）から、どう生きるべきかという問題へと移っていった。患者は引退して家族と過ごしながら過去に浸る、そんな伝統的ながんのシナリオも選択肢のひとつだった。

「がんと診断されると、多くの人が仕事を完全にやめますが」と彼女は言った。「なかには仕事に集中する人もいます。どちらでもいいと思います」

「自分自身の四〇年のキャリアを頭のなかで描いていたんです。最初の二〇年は外科医兼科学者として過ごし、残りの二〇年は作家として過ごす。でも、もうすでに残りの二〇年にはいって久しいと思える今となっては、どちらのキャリアを追いかけたらいいかわからなくて」

「それはご自身で決めることです」と彼女は言った。「わたしに言えるのはただ、あなたが望むなら、また必ず手術ができるようになるということだけです。でも、自分にとっていちばん大切なものは何か、考えなければなりません」

「自分にどれだけの時間が残されているかなんとなくわかれば、もっと簡単なんですけど。二年しかないなら、本を書く。一〇年あるなら、外科と科学に戻る」

「おわかりだと思いますが、わたしには具体的な数字は言えないのです」

わかっていた。彼女がよく言う台詞を借りるなら、自分の価値観を見いだすのは私の仕事だった。でも私は心のどこかで、それは責任逃れではないかと思っていた。まあ確かに、私も患者に具体的な数字を言ったりはしなかったけれど、患者がどうなるかは感覚的にわかっていたんじゃなかったか？　そうでなければ、どうやって患者の生死を分けるような決断ができたというんだ？　でもそこで、自分の判断がまちがっていたこともあったのを思い出した。以前、ある家族に、息子さんの生命維持をやめませんかと勧めたことがあった。ところが、その二年後に両親がやってきて、ピアノを弾く息子の姿が映ったＹｏｕＴｕｂｅの映像を見せてくれ、息子の命を救ってくれたお礼にとカップケーキをくれたのだ。

私が受診するようになったさまざまな医療供給者のなかでも、腫瘍内科の受診日が最も重要な意味を持っていたのは確かだが、私が訪ねたのは医療供給者だけではなかった。ルーシーの主張で、がん患者を専門とする夫婦セラピストのもとを訪れるようになった。セラピストの窓のないオフィスの肘掛け椅子に並んで坐って、ルーシーと私は現在と未来の私たちの人生ががんという診断によってどう壊されたかについて話した。未来がわかる辛さと、わからない辛さ、計画を立てるむずかしさ、たがいを支え合う大切さについて。そしてまた、がんによって結婚生活が救われたのも事実だった。

「わたしがこれまでに会ったどのカップルよりも、おふたりはこの問題にうまく対処していらっしゃいますよ」最初のセッションの最後に、セラピストはそう言った。「わたしの助言は必要ないように思います」

オフィスを出たところで、私は声をあげて笑った。少なくとも私にはまた人よりすぐれたものができたのだ。何年ものあいだ末期患者にかかわってきた成果じゃないか！　ルーシーも微笑んでいるものと思って、私は彼女のほうを見た。でも彼女は首を振っていた。

「わからないの？」私の手を両手で取って、ルーシーは言った。「わたしたちがいちばんすぐれているということは、つまり、これ以上よくならないってことじゃない」

死すべき定めの重さが軽くならないのなら、せめて、重さに慣れることはできないだろうか？

末期の病に侵されていると診断されてからというもの、私は世界をふたつの視点から眺めるようになった。医者と患者の両方の視点から死を見るようになったのだ。「がんは闘いであり、私は必ず勝つ！」と宣言したり、「どうして自分なんだ？」

（答――どうして自分じゃないいんだ？）と言ったりしないだけの分別は医師として持っていたし、医療的ケアや、合併症や、段階的な治療法についても多くを知っていた。主治医の腫瘍内科医から話を聞いたり、自分でも調べたりした結果すぐにわかったのは、ステージⅣの肺がんの物語というのは一九八〇年代のエイズの物語のように、この先変わっていく可能性があるということだった。今もなお急速に死をもたらす病であることに変わりはなかったが、新しい治療法が誕生したおかげで、何年も余命を延ばすことが初めて可能になったのだ。

医師や科学者として訓練を受けてきたおかげで、私はデータを分析することもできたし、自分の予後についてデータが明かすことのできる限界を受け容れることもできたけれど、その一方で、そうした訓練が患者としての自分を助けてくれることはなかった。ルーシーと私に子供を持つべきか教えてはくれなかったし、自分の命が消えつつあるなかで新しい命を育むことにどんな意味があるのかも教えてはくれなかった。自分のキャリアのために闘うべきなのか、長いあいだひたむきに追いかけてきた野心を、それを実現させるだけの時間が残されているかもわからないままに、ふたたび燃やすべきなのかも教えてはくれなかった。

私も患者たちと同じく、死すべき定めに向き合わなければならなかった。そして、人生を生きるに値するものにしているのはなんなのかを理解しようと努めなければならなかった。エマの助けを借りて。医師としての自分と、患者としての自分とのあいだで引き裂かれたまま、医学を探究したり、答を求めて文学に戻ったりしながら、私はもがいていた。これまでの人生を再生しようと、あるいは、新しい人生を見つけようと、自分自身の死と向き合いながらもがいていた。

私は週の大半を認知療法ではなく理学療法に費やした。それまで私は、ほぼすべての受け持ち患者に理学療法を受けるように指示してきたが、実際に経験してみて、あまりの大変さに衝撃を受けた。医師として、病気になるのがどんな感じなのかなんとなくわかっていても、実際に経験するまではほんとうには理解していない。恋に落ちたり、子供を持ったりするのと同じで、病気に伴って発生する山のような書類仕事のことも、いくつものささいなことも、わかってはいないのだ。たとえば、針を刺されて生理食塩水の点滴が始まると、実際に塩の味がする。それは誰もが経験することのようなのだけれど、一一年も医学に携わってきながら、私はそのことをまったく知らなかった。

理学療法では私はまだバーベルを上げてもおらず、自分の脚を上げていただけだった。ひどく疲れるうえに、屈辱的だった。脳に異常はなかったものの、自分が自分でないように感じられた。ハーフマラソンを走れた人物は今ではもう遠い記憶のなかにしかいなかった。私の体はか細く、弱々しく、そうした弱さもまたアイデンティティを形成した。拷問のような腰痛も、倦怠感や吐き気もアイデンティティを形づくった。担当の理学療法士のカレンに、目標は何かと尋ねられ、私はふたつ選んだ。自転車に乗れるようになること、ランニングができるようになること。自分の弱さと向き合って、私の決意は固まった。来る日も来る日も辛抱強くリハビリを続け、ほんの少し力がつくたびに、可能な世界と可能な自分が広がっていった。反復運動の回数と負荷とトレーニングの時間を増やし、嘔吐するまで自分を追い込んだ。そして二カ月後には、疲れを感じることなく三〇分間ずっと坐っていられるようになり、また友人と夕食に出かけられるようになった。

ある午後、ルーシーと一緒にお気に入りのサイクリング・コースであるカナダ・ロードまで車で行き（プライドのせいでどうしてもつけ加えたくなってしまうのだけれど、以前は自転車でそこまで行ったのだ。でも今の私の軽量フレームの体には、そこまでの傾斜はあまりに手ごわすぎた)、どうにか一〇キロほどをよろよろと走ることができた。一年前の夏には微風のなか五〇キロを完走していて、それとくらべたら大きな差だったけれど、少なくとも二輪の上でバランスを取ることはできた。

これは勝利なのだろうか、それとも敗北なのだろうか?

私はエマと会う日を心待ちにするようになった。彼女のオフィスでは、今の自分に違和感を覚えることなく、本来の自分でいることができた。でもオフィスを出ると、もはや自分が誰なのかわからなくなった。今では働いていなかったために、脳神経外科医であり、科学者である自分はもういなかった。前方に明るい未来が広がる、比較的若い男である自分はいなかった。衰弱しているせいで、家でもルーシーの夫の役目がはたせていないのではないかと不安だった。人生のあらゆる文章において主語だった私が、今では直接目的語になってしまった。一四世紀の哲学では患者 patient という言葉は単に「ある行動の対象」という意味しか持たなかったが、自分はまさにそれだという気がした。医師としての私は作因であり、原因だったが、患者としての私は、物事が作用する対象でしかなかった。でもエマのオフィスでは、ルーシーと私は冗談を言い、医者の業界用語を交わし、希望や夢について自由に話すことができた。そして、まえに進むための計画を立てようと努力することができた。二カ月が経っても、エマは依然として予後については曖昧なままで、私が統計を持ち出すたびに、自分の価値観を見いだすことに集中しなければならないと念を押すだけだった。私は不満を感じたものの、少なくともここでは自分は誰かなのだと、ひとりの人間なのだと感じることができた。熱力学の第二法則（あらゆる秩序はエントロピー増大の方向へ、そして衰退へと向かう）を体現している何かではないのだ。

死すべき定めに直面して、多くのことを先延ばしせずに、ただちに決めなくてはならなくなった。なかでも最優先させなければならなかったのは「子供を持つかどうか」の決断だった。私の研修期間が終わりに差しかかったころに結婚生活がぎくしゃくしていたのは事実だったけれど、ルーシーと私はずっと愛し合っていた。ふたりの関係は今も深い意味を持っていて、大切なことを表す共通の、しだいに発展する語彙だった。人間関係が人生の意味の基盤を形成するとしたら、子供を持つことでその基盤にべつの次元が加わるのではないかという気がした。ふたりともずっと子供を持ちたいと望んでいたし、今もなお、子供をもうけたいという本能に、家族のテーブルにもうひとつ椅子を増やしたいという本能に駆り立てられていた。

でも、どちらもたがいを気遣っていた。私にあと何年も残されていてほしいとルーシーは願っていたけれど、予後については理解していたため、残りの人生を父親として過ごすかどうかは私が決めることだと感じていた。

「あなたがいちばん恐れていることは何？　いちばん悲しいことは？」ある晩、ふたりでベッドに横になっているときに、ルーシーが訊いた。

「きみひとりを残していくこと」と私は言った。

私にしても、子供が家族全員に喜びをもたらすことはわかっていたし、私が死んだあとで夫も子供もなくひとりぼっちになるルーシーを思い描くのは耐えられなかったが、子供を持つかどうかの決断は最終的には彼女がくだすべきものだという点だけは絶対に譲れなかった。結局のところ、ルーシーはひとりで子供を育てることになるのだし、私の病気が進行すれば、両方の面倒を見なくてはならなくなるからだ。

「新生児が生まれたら、わたしたちふたりの時間が減ってしまうかしら？」と彼女は訊いた。「子供と別れなければならないせいで、死ぬのがもっと辛くなるかもしれないって思わない？」

「だとしたら、すばらしいじゃないか？」と私は言った。ルーシーも私も、人生で大切なことは苦しみを避けることではないと感じていた。

何年もまえのことだが、私は、ダーウィンとニーチェはあることについて意見を同じくしていたのだと気づいた。すなわち、生物を定義づける特徴とは奮闘することだという意見だ。奮闘しない命を描くことは、縞模様のない虎を描くのと同じだ。長年にわたって死とともに生きてきた私は、最も楽な死が必ずしも最良の死ではないことを理解するようになった。私たちはとことん話し合った。どちらの家族も祝福すると言ってくれた。私たちは子供を持つことに決めた。生きつづけることに決めた。死へと向かうのではなく。

　私が薬物療法を受けていたために、生殖補助医療に頼るのが唯一の手段だった。そこで私たちはパロアルトにある生殖内分泌学のクリニックを訪ねた。クリニックの女性医師は生殖医療のプロであり、有能な医師だったが、末期がんの患者（不妊症患者ではなく）を受け持った経験がないことは一目瞭然だった。医師はクリップボードから目を上げずに次々と質問した。

「どのくらいの期間、がんばってこられましたか？」

「えっと、まだ一度も」

「ああ、そうでした。そうですよね」

ようやく彼女はこう訊いた。「おふたりの状況からして、できるだけ早く妊娠したいとお考えなのでは？」

「そのとおりです」とルーシーは答えた。「今すぐ始めたいと思っています」

「では、最初から体外受精をおこなうのはいかがでしょう」と医師は言った。

つくり出されたものの、最終的に壊されることになる受精卵の数を最小限にしたいと私が申し出ると、医師はいささか困惑したように見えた。このクリニックに来る患者はたいてい、受精卵の数が多ければ多いほどいいと考えているからだ。でも私は、どこかのフリーザーに入れられたままの、破棄するのは辛すぎるけれど完全な人間にすることもかなわない半ダースもの受精卵に対して、ルーシーが私の死後に責任を負わなければならなくなるような事態を絶対に避けるつもりだった。ふたりが共有したゲノムの最後の残りであり、この地上での私の最後の存在に対して。どうかかわっていいか誰にもわからない、技術的人工物に対して。けれど人工授精を数回おこなった結果、私たちにはより高度な技術が必要だということがはっきりした。少なくとも数個の受精卵を試験管内でつくり、最も健康なものを子宮に戻すという技術だ。残りの受精卵は死ぬことになる。この新たな人生において子供を持つ場合ですら、死は自らの役目をはたしていた。

治療開始から六週間が経過した時点で、タルセバの効果を評価するための最初のCTスキャンを受けることになった。スキャナーから降りたところで、CT検査技師が私のほうを見て言った。「先生。こういうことは普通、言わないことになっているんですが、もしご覧になりたければ、あちらにパソコンがありますよ」。私は画像をビューアに取り込み、自分の名前をタイプした。

ニキビは安心材料だった。筋力も回復してきていたが、今もなお腰痛と疲れやすさのせいで行動は制限されたままだった。パソコンのまえに坐り、私はエマの言葉を自分に言い聞かせた。腫瘍がごくわずかに大きくなっていたとしても、その程度が小さければ、成功とみなしていい（父はもちろん、がんはすっかり消えているはずだと予測していた。「おまえのCTはすっかりきれいになっているぞ、パピー！」家族のあいだでの私のニックネームを使って、父はそう宣言した）。わずかに腫瘍が大きくなっていたとしても朗報なのだと、もう一度自分に言い聞かせ、深呼吸をし、それからクリックした。スクリーンに画像が現れた。以前は無数の腫瘍が散らばっていた私の両肺は、右上葉の一センチほどの腫瘍を除いて、きれいになっていた。脊椎の所見もよくなっていた。腫瘍という重荷が見まちがえようもなく、劇的に減少していた。

安堵がどっと押し寄せてきた。

私のがんは落ちついていた。

翌日にエマと会ったとき、彼女はやはり予後については話したがらなかったものの、こう言った。「経過がいいので、今後は六週に一度の受診でいいでしょう。次回受診されたときに、あなたの人生が今後どうなっていくか話すことにしましょう」。過去数カ月の混沌が遠のき、新しい秩序の感覚が根づくのが感じられた。ぎゅっと縮まっていた私の未来の感覚が緩みはじめた。

その週末にはスタンフォード大学の卒業生で脳神経外科医の会合が地元で開かれることになっていて、私はかつての自分とふたたびつながりを持つ機会を心待ちにしていた。でも結局、出席したことによって、今の自分の人生とまわりの人々の人生とのシュールな対比が強調されただけだった。私は成功と、可能性と、野心に囲まれていた。もはや私のものではない軌道に沿って走りつづける、疲労困憊させられる八時間の手術のあいだずっと立っていられる体力の持ち主である同輩や先輩に囲まれていた。まるで自分がクリスマスキャロルを裏返しにした物語のなかに閉じ込められているような気がした。私も受け取るはずだった素敵なプレゼントを友人のビクトリアが開けていた。研究助成金、仕事のオファー、論文の出版。今ではもう私のものではない未来を先輩たちが生きていた。若年での受賞、昇進、新しい家。

私の計画について尋ねる者がいなかったことがせめてもの救いだった。なぜなら、なんの計画もなかったから。今では杖なしで歩けるようになっていたのに、未来の不確かさがずっしりとのしかかって麻痺したようになっていた。この先私は何になり、どのくらいの時間、それでいつづけられるのだろう？　病人？　科学者？　教師？　生命倫理学者？　エマがほのめかしたように、もう一度脳神経外科医になる？　専業主夫？　文筆家？　何になれるのだろう？　なるべきなのだろう？　医師として働いていたころは、人生を変えるような病を患った人々が直面するものの正体を感じ取っていたつもりだったし、まさにこういう瞬間こそが、私が患者と一緒に探究してみたいと願っていた瞬間だった。だとしたら末期がんというのは、死を理解したいと願いつづけてきた若者にとっての完璧な贈り物ではないのか？　なんといっても、身をもって体験するのがいちばんなのだから。しかしそれがどれほど困難な体験か、私はまったくわかっていなかった。ある場所に住みつくまでに、どれほどの土地を探検し、地図をつくらなければならないか。私はずっと、医師の仕事というのはふたつの鉄道線路をつなげ、患者が円滑に旅を続けられるようにすることだと思ってきた。自らの死すべき定めに直面するということが、こんなにも方向感覚を失わされるものだとは、こんなにも位置感覚を失わされるものだとは思ってもみなかった。「ぼくの族《やから》のまだ創《つく》られていない意識を、ぼくの魂の鍛冶場《かじば》で鍛える」ことを望んでいた若かりし日の自分を思い出した。でも、今の自分の魂を覗き込んでみても、道具はあまりに脆く、火はあまりに弱く、私には自分自身の意識すらつくり出せそうになかった。

死すべき定めという、なんの目印もない不毛の地で迷子になっていた私は、科学研究にも、細胞内分子経路にも、生存率を示す無数の曲線にも惹きつけられることなく、ふたたび文学作品を読みはじめた。ソルジェニーツィンの『ガン病棟』、B・S・ジョンソンの『不運な人々』、トルストイの『イワン・イリッチの死』、ネーゲルの『心と宇宙』、ウルフ、カフカ、モンテーニュ、フロスト、グレヴィル、さまざまながん患者の回想録。死すべき定めについて書かれているものなら誰の作品でも読んだ。死の意味を理解するための言葉を、自分という存在を定義して、ふたたびまえに進む方法を見いだすための言葉を探した。直接体験という特権を得たことによって、文学作品からも、学術的な著作からも離れていたのだけれど、今では、直接体験を理解するにはそれを言語に翻訳しなければならないと感じていた。ヘミングウェイも、彼自身のやり方を説明するのに同じような表現を使ったではないか。豊かな経験を得たなら、引きこもって熟慮し、それについて書く、と。前進するために、私は言葉を必要としていた。

というわけで、この時期に私を生き返らせてくれたのは文学だった。未来の途方もない不確かさが私を無気力にし、どこを振り返っても、死の影が私の行動の意味を覆い隠していた。そんな圧倒的な不安が砕け、けっして通り抜けられないと思っていた不確かさの海が割れた瞬間を覚えている。その日、私は痛みで目を覚まし、べつの一日に向き合った。どんな計画があったにしろ、朝食のあとはもう何も実行できそうになかった。続けられない、と思った。するとすぐさま、それに応答する声が聞こえ、かつて私が大学生だったころに覚えたサミュエル・ベケットの言葉を完成させた。続けよう。私はベッドから出て、一歩前に踏み出した。その言葉を何度も繰り返しながら。「続けられない。続けよう」

その朝、私は決意した。どうにかして手術室に戻ると。なぜか？　可能だから。それが自分だから。今とはちがう生き方ができるようにならなければならないから。死とは巡回しながら必ずやってくる訪問者であるとみなし、たとえ死にかけていても、実際に死が訪れるまではまだ生きているのだということを忘れてはならないから。

その後の六週間、私はリハビリのプログラムを変えて、手術ができるようになるための訓練を集中的におこなった。長時間立っていられるようにする訓練、顕微鏡を見ながらごく小さな物体を操作する訓練、椎弓根《ついきゅうこん》スクリューが使えるように手を内側にまわす訓練。

ふたたびCT検査を受けた。腫瘍はまた少し小さくなっていた。私と一緒にCT画像を見ながら、エマが言った。「あなたにあとどのくらいの時間が残されているかはわからないけれど、この話をしておきたいと思います。さっき、ちょうどあなたのまえに診察した患者さんは、もう七年もなんの問題もなくタルセバを飲みつづけています。安心するのはまだ早いけれど、今のあなたを見ていると、一〇年生きられるかもしれないと考えても、ちっともばかげてはいません。もしかしたら無理かもしれないけれど、ばかげてはいない」

これが予後予測だった。いや、予後予測ではなく、正当化だった。脳神経外科に、人生に復帰するという私の決断の正当化だった。私の一部は一〇年という予測を聞いて有頂天になっていた。でもべつの一部は「脳神経外科医に戻るなんてとんでもない。もっと楽な道を選ぶべきです」と彼女が言ってくれるのを願っていた。あらゆる状況にもかかわらず、ここ数カ月の日々には、私の気持ちを楽にしてくれる要素がひとつだけあったことに気づいてはっとした。脳神経外科医に求められる、とてつもなく重い責任を負わなくてもよかったことだ。脳神経外科の仕事はあまりに忙しいため、復帰しないからといって誰も咎めたりしないはずだった（私はよく、それはあなたの天職なのかと尋ねられるのだけれど、そのたびに、そうですと答える。脳神経外科を仕事とみなすことなんてできない。もしこれが仕事だとしたら、こんなにひどい仕事はそうないだろう）。復帰を思いとどまるようにと数人の教授に説得された。「家族と過ごすべきじゃないのかね？」（「あなたもそうすべきじゃありませんか？」と私は思った。私が復帰しようと決めたのは、私にとって脳神経外科は神聖なものだったからだ）。ルーシーと私はシリコンバレーの名所である丘のてっぺんに登りついたところだった。近年の生物医学やテクノロジーのあらゆる発展を示す名を冠したビル群が眼下に広がっていた。いつのまにか、もう一度手術用ドリルを持ちたいというずきが圧倒的になっていた。道徳的義務には重さがあり、重さがあるものには重力が働く。だから、道徳的責任を負う義務感が私を手術室へと引き戻した。ルーシーも全面的に応援してくれた。

私はプログラム・ディレクターに電話をかけ、いつでも戻れる用意ができたと伝えた。彼は大喜びしてくれた。ビクトリアと私は、私が現場へ復帰し、求められる速さで手術できるようになるための最善策を話し合った。私は、何か問題が起きた場合にそなえて、つねに同期のレジデントをひとりバックアップにつけてほしいと言った。加えて、一日につき一件の手術しかしないこと、手術室以外では患者を担当せず、オンコールからも外れることを頼んだ。まずは用心深く、第一歩を踏み出すことになった。手術室のスケジュールが発表され、得意な手術のひとつである側頭葉切除術《そくとうよう》を執刀することになった。側頭葉てんかんは通常、側頭葉の深部にある海馬《かいば》の電気信号の乱れによって起きるため、海馬を摘出すればてんかんを治すことができる。でも手術自体はむずかしく、ちょうど脳幹のすぐそばの部位で、脳を覆っている脆く透明な軟《なん》膜《まく》から海馬をそっと剝がさなければならない。

手術の前夜、私は手術の教科書を熟読し、解剖学と手術の手順をおさらいした。眠りは浅く、執刀医から見た患者の頭や、頭蓋骨を切る電動ノコギリや、海馬を摘出したあとの軟膜に反射する光が目に浮かんだ。ベッドから出ると、シャツを着てネクタイを結んだ（もう二度と着ることはないと思って、手術着は数カ月前にすべて病院に返却してしまっていた）。病院に着くと、一八週間ぶりに、慣れ親しんだ青い手術着に着替えた。患者と会話をして、最後に訊いておきたいことはないか確かめてから、手術室の準備に取りかかった。患者に挿管がおこなわれ、指導医と私が手洗いを終えると、準備はすべて整った。私はメスを手に取り、患者の耳のすぐ上の皮膚を切開した。何も忘れてはおらず、ひとつのミスも犯していないことを確かめながら、ゆっくりと進めていった。電気メスを使って頭蓋骨の深さまで皮膚を切開し、皮膚弁をめくって鉤《こう》で牽引した。すべてがしっくりときた。筋肉の記憶が甦った。私はドリルを手に取り、頭蓋骨に三つ穴を開けた。その間、熱を冷ますために指導医がドリルに水をかけた。次に、開頭器で穴と穴のあいだを切ってつなげると、大きな一片の骨が外れた。パキッという音とともに骨を取り外すと、その下には銀白色の硬膜が広がっていた。初心者はよく硬膜を傷つけてしまうものだが、幸いなことに、私は傷つけていなかった。脳を切ってしまわないように注意しながら、鋭いナイフで硬膜を切開した。今度もうまくいった。肩から少し力が抜けた。術野が隠れてしまわないように硬膜をめくって縫いつけた。脳は静かに脈打ち、輝いていた。手つかずの脳静脈が側頭葉の上を走っていた。馴染みのある桃色の脳回が私を手招きしていた。

　突然、視野の端がぼやけた。私は器具を下に置き、手術台から離れた。闇はさらに広がり、めまいが襲ってきた。

「すみません」と私は指導医に言った。「少しめまいがして。横になったほうがいいみたいです。ジュニアレジデントのジャックが続きをやってくれます」

すぐにジャックがやってきて、私は手術室を出た。医局でオレンジジュースを飲み、ソファに横になった。二〇分後には気分がよくなった。「神経心臓性失神」と私は独り言を言った。自律神経系の失調により一時的に心臓に不具合が生じる状態だ。俗にいう、びびり症。新米にありがちな症状だ。これは私が思い描いていた手術室への復帰ではなかった。私はロッカールームに行き、汚れた手術着を洗濯物入れに放り、私服に着替えた。帰り際、家に持ってかえろうと洗濯済みの手術着をひと山抱え、明日はもっとましになると自分に言い聞かせた。

それはほんとうだった。毎日、どの手術も馴染み深く感じはしたが、以前より慎重に進めた。復帰の三日目には、患者の脊椎から変性した椎間板を取り除く手術をおこなった。しかし途中で、膨隆した椎間板を見つめたまま、次に何をすればいいか思い出せなくなった。飛び出している部分を鉗子で少しずつ削るようにと、フェローから指示された。

「ええ、それが通常のやり方だというのは知っています」と私はつぶやいた。「でも、ほかにも方法があったはず……」

二〇分かけて椎間板を削りながら、私は頭のなかで、かつて自分が採用していたもっと洗練された方法を探していた。次の椎間板に差しかかったところで、いきなり思い出した。

「剝離子！」と私は叫んだ。「マレット。ケリソンパンチ」

三〇秒で椎間板全体を摘出した。「これがいつもの私のやり方なんです」と私は言った。

その後の数週間で徐々に体力がつき、スピードとテクニックも改善した。私の手は一ミリに満たない血管を傷つけることなく扱う方法をふたたび習得し、私の指はかつて知っていた芸当をふたたびおこなえるようになった。一カ月後には、ほぼ最初から最後まで手術ができるようになった。

手術だけに仕事を限定し、書類仕事や、患者の治療や、夜間および週末の当直はビクトリアをはじめとするほかのレジデントに任せた。いずれにしろ、すでに手術の技術は習得していたので、あとは複雑な手術の微妙なさじ加減さえわかるようになればよかった。一日の終わりには疲労困憊し、筋肉がひどく痛み、そして前日よりは少しだけ上達していた。しかし実をいえば、楽しくなかった。かつての私が手術に見いだした心の底からの喜びを感じることはなく、吐き気と、痛みと、疲れを乗り越えることだけにただひたすら集中しなければならなかった。毎晩家に帰ると、ひとつかみの錠剤を飲み、ベッドのルーシーのとなりに這っていった。ルーシーもまたフルタイム勤務に戻っていた。今では妊娠初期にはいっていて、予定日は私の研修が終わる六月だった。胚移植の直前に撮った胚盤胞《はいばんほう》の姿をしたわが子の写真を私たちは持っていた(「この子はきみの細胞膜を持っているんだね」と私はルーシーに言った)。それでも私は、自分の人生を以前の軌道へ戻そうと決意していた。

診断から六カ月目のCT検査の結果も問題はなかったので、私は職探しを再開した。がんは抑えられており、自分にはあと数年残されている可能性があった。ずっと目指してきたものの、病気のせいであきらめていたキャリアがまた手の届くところに戻ってきた。トランペットが奏でる勝利のファンファーレがもうほとんど聞こえそうだった。

次の受診日に、エマと私は人生についてや、人生が私をどこに導こうとしているのかといったことについて話した。ヘンリー・アダムズ(一八三八年―一九一八年、アメリカの作家、歴史家、思想家)が燃焼機関の科学的な力と聖母マリアの存在の力との比較を試みたことを私は思い出した。私に関しての科学的な問題はさしあたり解決したけれど、そのおかげで、自分という存在はどう生きるべきなのかという問題が大きくのしかかってきた。とはいえ、そのどちらにも、主治医の判断がかかわっていたが。つい最近知ったのだが、私が手に入れることが確実だった、スタンフォード大学の外科医兼科学者のポジションは私の病欠中にすでに埋まってしまったとのことだった。私は打ちのめされ、そのことをエマに打ち明けた。

「でもまあ」とエマは言った。「この医者兼教授っていう仕事は、とんでもなく退屈な仕事なんじゃないかしら。でも、そんなことはすでに知ってますよね。ごめんなさい」

「ええ、でも私が魅了されている科学研究というのは、二〇年くらいかかるプロジェクトなんです。その時間枠が確保できないなら、科学者になることにそこまで興味があるか確信はありません」私は自分自身をなぐさめようと努めた。「数年では大したことはできませんから」

「確かに。でも思い出して。あなたはほんとうによくやっています。仕事に復帰して、もうすぐ赤ちゃんが生まれる。自分の価値観を見つけつつある。それは簡単なことではありません」

その同じ日に、かつてのレジデントで親しい友人の若い教授に、廊下で呼び止められた。

「ねえ」と彼女は言った。「あなたをどうするか、教授会ですごい議論になっているのよ」

「僕をどうするかって、どんなふうに？」

「教授のなかには、研修を修了させることに賛成しかねている人がいるみたいなの」

研修を修了するには、ふたつの条件が必要とされる。ひとつは、国と州が規定する一連の条件を満たすことで、私はすでにそれをクリアしていた。もうひとつは、教授団の賛同だ。

「どういうことなんだ？」と私は言った。「うぬぼれているわけじゃないけど、僕は腕のいい外科医だ。ちょうど――」

「よくわかっている。たぶん、あなたがチーフレジデントの仕事を全部こなしているところを見たいだけなんだと思う。なぜって、みんなあなたのことが好きだから。ほんとの話」

それはもっともな話だと気づいた。ここ数カ月のあいだ、私は単に手術の技術者として働いていただけだった。がんを言い訳にして、患者に対する全責任を負わずにきた。でも一方で、がんはすぐれた言い訳だったのだ。まったく。でもその後、私はそれまでより早く出勤して、遅くまで病院にいるようになった。以前のように患者の治療全般をこなし、一二時間の勤務時間をさらに四時間延長した。ふたたび患者が私の思考の中心を占領しつづけるようになった。最初の二日間は、波のように押し寄せてくる吐き気と、痛みと、疲労と闘い、倒れそうになると、使っていないベッドへと退却して眠り、自分は結局、やめることになるだろうと思った。しかし三日目には、体こそ疲弊しきっていたものの、また仕事を楽しめるようになった。患者とふたたびつながったことによって、この仕事の意味を思い出した。手術と手術のあいだや、回診の直前に、私は吐き気止めと痛み止めを飲んだ。苦しかったけれど、完全に復活した。使っていないベッドを探すかわりにジュニアレジデントのソファで休むようになり、腰痛発作の波をやり過ごしながら、患者の治療について指示したり、講義をしたりした。体がしんどくなればなるほど、仕事を無事終えられたことをうれしく思うようになった。最初の週末には、四〇時間ぶっ続けで眠った。

そして、私は采配を振るようになった。

「もしもし、先生」と私は言った。「ちょうど今、明日の手術症例について検討していたんですが、最初の症例は経脳梁到達法で申し込んでありますが、経皮質到達法のほうが安全ですし、簡単ではないかと思います」

「ほんとうか？」と指導医は言った。「画像を見てみよう……なんと、きみの言うとおりだ。術式を変更してもらっていいかい？」

翌日。「もしもし、先生。ポールですが、ちょうど今、ミスター・Fと彼の家族にICUで会ってきたんですが、明日、頸椎前方除圧固定術《ACDF》をおこなう必要があると思います。手術室に申し込んでもいいでしょうか？　先生のご都合のいい時間は何時ごろですか？」

手術室でも、私は全盛期のスピードに戻った。

「看護師さん、S先生を呼び出してもらえる？　S先生が来るまえに、この手術が終わってしまいそうだから」

「S先生が電話口に出ていらっしゃいますけど、まさかこんなに早く終わるわけがないとおっしゃっています」

指導医が息を切らしながら駆けてきて、手洗いし、顕微鏡を覗き込んだ。

「静脈洞をよけるために、少し急な角度でアプローチしました」と私は言った。「でも腫瘍は一塊《いっかい》で摘出できました」

「静脈洞をよけられたのか？」

「はい」

「一塊で摘出できたのか？」

「腫瘍を見ていただけるように、台の上に載せておきました」

「いい感じだ。非常にいい感じだ。いつからこんなに速くなったんだ？　来るのが遅くてすまなかった」

「大丈夫です」

病気について厄介な点は、自分の価値観が絶えず変わるという点だ。人は病を得ると自分にとって何が大切か考えるが、いったん答が出たあともずっと考えつづける。まるで誰かにクレジットカードを奪われ、予算の組み方を学ばなければならなくなったかのように。一度は脳神経外科医として過ごすことに決めても、二カ月後には考えが変わる可能性がある。サックスを習いたいと思うかもしれないし、自分の時間を教会に捧げたいと思うかもしれない。死というのは一度きりの出来事かもしれないが、末期がん患者として生きるということはひとつの過程なのだ。

私はすでに悲しみの五段階、「否定→怒り→取引→抑うつ→受容」を通り過ぎてはいたけれど、通常とは逆の方向に進んだのだと気づいた。診断を受けたとき、私には死に対する心構えができていた。肯定的な気持ちすら抱いていた。死を受け容れ、死ぬ用意ができていた。その後、自分の死期がそれほど近くないかもしれないと判明して、抑うつ状態に陥った。それはもちろん、いいニュースだったが、私は混乱し、不思議なほど無気力になった。がん研究が急速に進歩している点や、統計学の性質から考えて、私にはあと一二ヵ月しか残されていない可能性もあれば、一二〇ヵ月残されている可能性もあった。大病というのは人生の意味を明確にするはずだったが、私にわかったのは自分が死ぬことだけだった。でも、そのことは以前から知っていたのだ。私の知識状態は変わらなかったけれど、昼食の計画を立てる能力はすっかりだめになってしまった。あと何ヵ月、あるいは何年残されているかさえわかれば、進むべき道ははっきりしていたはずだ。三ヵ月と言われたなら、家族と過ごす。一年と言われたなら、本を書く。あと一〇年生きられるなら、患者の病気の治療をする。一日一日を大切に生きればいいのだということはわかっていても、助けにはならなかった。その一日をどう過ごせばいいのだ？

その後、ある時点で、私はちょっとした取引をした。正確には取引とはいえないかもしれないけれど、こんな感じだ。「神さま、ヨブ記なら読んだことがありますが、理解できないのです。でも、もしこれが私の信仰を試す試練だとしたら、私の信仰はかなり弱いことにもうお気づきかと思います。でも試練なら、パストラミ・サンドイッチからスパイシーなマスタードを抜くくらいでよかったんじゃないですか？　私に対してこんなに怒らなくてもよかったのに。だってほら……」こうした取引のあとで、私はいきなり激しい怒りに襲われた。「ここまで来るのにずっとがんばってきたのに、どうしてがんなんて仕打ちを与えるんですか？」

そして今、私はついに否定にたどり着いたようだ。おそらくは完全な否定に。確かなことが何もないのなら、長く生きると思い込むべきなのかもしれない、と。きっと、それ以外に進む道はないのだ。

がんと診断されてから九ヵ月が経ち、今では研修の修了をひたすら目指して夜遅くまで、あるいは明け方まで手術するようになっていた。体はぼろぼろだった。家に帰っても、疲れすぎていて食べ物が喉を通らなかった。鎮痛剤（タイレノールや非ステロイド性抗炎症薬）や、制吐剤の量が少しずつ増えていった。おそらくは肺のがんが壊死《えし》したあとの瘢痕《はんこん》のせいで、咳が続くようになった。あと数ヵ月、この過酷なスケジュールをがんばり抜けばいいのだと自分に言い聞かせた。そうすれば、研修を修了し、比較的おだやかな教授職に落ちつけるのだ。

二月に、私は仕事の面接を受けにウィスコンシンに飛んだ。そこでは私が望む、あらゆるものが提供されていた。脳科学研究所を立ち上げるための何百万ドルもの資金、脳神経外科のトップの役職、体調に応じて変更可能な勤務時間、終身在職権を持つ教授職、ルーシーに与えられるいくつかの魅力的な仕事の選択肢、高給、美しい景色、牧歌的な町、理想的な上司。「お体のことはこちらも承知していますし、今の主治医とはきっと強い結びつきがあるのでしょう」と学部長は言った。「あちらで治療を続けたいのであれば、飛行機で送迎することも可能です。とはいえ、もし試してみたいとお考えなら、ここにも一流のがんセンターがあります。先生にとってこの仕事をもっと魅力的なものにするために、ほかにできることはありますか?」

エマの言葉を思い出した。あの言葉のおかげで、外科医に戻れるとは思ってもいなかった私が、実際にまた外科医になったのだ。それは改宗に等しい力を持つ変化だった。エマはどんなときも、外科医としての私のアイデンティティを念頭に置いていた。私自身が念頭に置くことができなかったときですら。医師として私自身が何年もまえに挑戦したことを彼女はやってのけたのだ。私の魂に対する道徳的責任を引き受けて、私が自分自身に帰れる地点まで導いてくれた。私は脳神経外科の見習いとしての頂点に到達し、脳神経外科医としての第一歩だけでなく、外科医兼科学者としての第一歩を踏み出そうとしていた。医師の見習いは誰しもいずれこのゴールにたどり着きたいと熱望するけれど、実際に到達できる者はほとんどいない。

その夜、夕食のあとで、学部長が私をホテルまで車で送ってくれた。車を停めて道の片側に寄せたあと、彼は言った。「見せたいものがあります」。われわれは車から出てホテルのまえに立ち、凍った湖を見渡した。大学の教職員の家から漏れる明かりで、湖の遠くのへりがきらきら輝いていた。「夏には大学まで泳いでいくことも、ボートに乗っていくこともできます。冬にはスキーやスケートができます」

まるでファンタジーのようだった。その瞬間、気づいた。そう、これはファンタジーなのだ。ウィスコンシンに引っ越すことは不可能だった。二年後にがんが本格的に再発したらどうなるだろう？　友人からも家族からも引き離され、ルーシーはたったひとりで、死にゆく夫と小さな子供の面倒を見なければならなくなる。がんに抵抗しようと猛烈に努力してきたが、がんはすでに計算を狂わせていたのだと気づいた。この数カ月というもの、私は自分の人生をがんになる以前の軌道に戻そうと全身全霊でがんばってきた。自分の人生から何ひとつがんに奪わせまいとしてきた。勝利に酔いしれたいとしゃにむに思いながらも、感じるのはただ、カニ（がん cancer の語源はギリシャ語で「カニ」を意味する karkinos である）のはさみに押さえつけられている感触だけだった。がんの呪いは風変わりかつ不自然な生き方を強要した。死の接近に無頓着であってもいけないし、それによって束縛を受けてもいけないと私に要求した。退却しているときですら、がんは長い影を落としていたのだ。

スタンフォード大学の教授職という最初のチャンスを失ったとき私は、研究室の運営などというのはそもそも二〇年という時間枠があって初めて理に適うのだと言い聞かせて自分をなぐさめた。最初は優秀な神経病理学者だったフロイトも、心を理解したいという自分の真の野心に神経科学が追いつくには少なくとも一世紀を要すると気づいて、考えを変えた。私も同じように感じたのだと思う。自分の研究をとおして脳神経外科を変革するなどという計画は、がんという診断によってあまりに分が悪くなったギャンブルのようなものだった。研究室は私にとって、残りのチップを賭けたい場所ではなかった。

エマの声がまた聞こえてきた。〝自分にとっていちばん大切なものは何か、考えなければなりません〟

脳神経外科医兼脳科学者という最も高い軌道を飛ぶことをもはや求めないのだとしたら、私は何を求めるのだろう？

父親になること？

脳神経外科医でいること？

教師になること？

わからなかった。自分が何を求めているのかはわからなかったけれど、ひとつ学んだことがあった。ヒポクラテスも、マイモニデスも、オスラーも書いていないことだ。医師の務めは死を食い止めることでも、患者をかつての人生に戻すことでもない。それは人生が崩れてしまった患者とその家族を抱き寄せ、彼らがふたたび立ち上がって自分という存在と向き合い、自分という存在を理解するまで働きかけることだ。

外科医としての私自身のうぬぼれが、今では私の眼前で丸裸になっていた。患者の人生に対する自分の責任と影響力をどれほど意識したところで、それらはせいぜい一時的な責任やつかのまの影響力にすぎなかった。いったん重大な危機が回避されたなら、患者は麻酔から覚め、抜管され、そして退院し、家族とともに生きつづけなければならない。以前とは変わってしまった人生を。脳神経外科医のメスが脳の病気を取り除くように、医師の言葉は心の重荷を軽くするかもしれないが、患者や家族は未来の不確かさや、感情的、身体的な後遺症とずっと闘いつづけなければならないのだ。

エマは私にかつてのアイデンティティを取り戻してくれたわけではなかった。新しいアイデンティティをつくり出す能力を守ってくれたのだ。そして私はようやく悟った。新しいアイデンティティを自分でつくらなければならないのだと。

四旬節第三主日の澄みわたった春の朝、ルーシーと私は、週末を一緒に過ごすためにアリゾナから飛行機でやってきた私の両親とともに教会に行った。われわれは木製の長い信徒席に坐っていた。やがて母がとなりの家族と会話を始め、まずはとなりの母親に向かって女の赤ん坊の目を褒め、その後すぐに、もっと中身のある話題へと移っていった。聞き上手で、誰からも信頼され、すぐに人と親しくなれる母ならではだった。司祭が聖書を朗読している最中、気づけば私はくすくす笑いだしていた。喩えで言った言葉を、信徒に文字どおりに解釈されて失望するイエスの様子を記した場面だった。

イエスは答えて言われた。「この水を飲む者はだれでもまた渇く。しかし、わたしが与える水を飲む者は決して渇かない。わたしが与える水はその人の内で泉となり、永遠の命に至る水がわき出る。」女は言った。「主よ、渇くことがないように、また、ここにくみに来なくてもいいように、その水をください。」……その間に、弟子たちが「ラビ、食事をどうぞ」と勧めると、イエスは、「わたしにはあなたがたの知らない食べ物がある」と言われた。弟子たちは、「だれかが食べ物を持って来たのだろうか」と互いに言った。

大学時代、神とイエスについての私の考えは、おだやかな言い方をするならば、ずいぶんと薄弱なものになっていたのだけれど、それから長い年月を経て私がふたたびキリスト教へと戻ったのは、聖書を字義どおりに解釈することをはっきりと嘲笑したこうした部分があったからだ。頑なに無信仰を守っていたころの私がキリスト教に対する主要な武器として用いていたのは、経験的な根拠がない点だった。啓蒙思想が重視する理性のほうがより一貫性のある宇宙を提供しているのはまちがいなかった。オッカムの剃刀《かみそり》（一四世紀の哲学者・神学者ウィリアム・オブ・オッカムが多用した「ある事柄を説明するためには必要以上に多くを仮定すべきではない」とするスコラ哲学の指針）が忠実な信者たちをやみくもな信仰から切り離したのもまた、確かだった。神を証明することはできない。したがって、神を信じることは不合理なのだ。

祈りと聖書の朗読が毎晩の儀式であるような敬虔なキリスト教徒の家で育ったにもかかわらず、科学的思考の持ち主の多くがそうであるように、私もまた、現実を物質的にとらえる考え方のほうの可能性を信じるようになった。すなわち、魂や、神や、長い外衣を着て顎ひげを生やした白人などといった時代遅れの概念を差し引いた完璧な形而上学を授けてくれる、究極の科学的世界観の可能性だ。私は二〇代のかなりの時間をこのような試みの枠組みをつくることに費やした。でも結局、明白な問題が立ちはだかった。科学を形而上学の絶対的規範にするということは、この世から神だけでなく、愛も、憎しみも、意味も追放するのと同じだったのだ。つまり、この世を、今われわれが生きているのとはまったく別物とみなすということだった。人生に意味が在《あ》ると信じるなら、神も在ると信じなければならないということではない。しかし神の根拠を科学は何ひとつ提供していないと信じるなら、人生の意味の根拠も科学は提供していないと、したがって、人生自体に意味がないと結論づけなければならないのとほぼ同じなのだ。言い換えるなら、どう生きるべきかという主張にはなんの重みもないと、あらゆる知識というのは科学的知識なのだと結論づけなければならないということだ。

しかし科学的方法論というのは人間の手が生み出したものであり、したがって、永遠の真実には届かないという矛盾がある。世界を秩序立て、操り、さまざまな現象を管理しやすい単位に分類するために、われわれは科学理論をつくり出す。科学は再現可能性と、つくられた客観性に基づいている。それらは物質やエネルギーについての主張を生み出す科学の能力を強める。その一方で、生きる意味を見いだそうとする、直感的な人生の性質、つまり個別的で主観的で予測不能な人生の性質に対して科学的知識をあてはめることを不可能にする。科学は、経験的かつ再現可能なデータを系統立ててまとめるための最も有用な方法を提供するかもしれない。けれどそうした科学の能力というのは、一方で、人生の最も中心的な側面を把握することができないという性質に基づいているのだ。希望、恐れ、愛、憎しみ、美、ねたみ、名誉、弱さ、奮闘、苦労、美徳といった側面だ。

こうした人間の中心的な感情と科学理論とのあいだにはつねに隔たりがある。どんな思想体系も、人間の体験を完全に説明してはいない。形而上学という分野は依然として啓示の分野のままであり（オッカムの主張というのは結局のところ、無神論ではなく、これなのだ）、無神論はこうした根拠でのみ正当化されうる。だとすると、典型的な無神論者とはグレアム・グリーンの『権力と栄光』に登場する警部ということになり、彼の無神論は神の不在を悟ったことから生まれている。だが唯一の真の無神論というのは、世界の創造にかかわるビジョンに基づいていなければならない。「古代の誓約はばらばらになっている。人間はついに、自分がまったくの偶然で生まれ出た、この無情なまでに茫漠とした宇宙のなかで、ただひとりなのだと知る」という、多くの無神論者が好む、生物学者ジャック・モノーの言葉は、こうした啓示的な側面が偽りであることを示している。

それでも私は、犠牲、贖罪《しょくざい》、赦しというキリスト教の中心的な価値観へと戻った。あまりに抗いがたかったからだ。聖書の正義と慈悲とのあいだには、そして旧約聖書と新約聖書とのあいだには緊張関係がある。そして新約聖書は、人間が充分に善良になることはけっしてないと説いている。善良さとは目標であり、人間が絶対にはたすことのできない目標なのだ。私は信じた。キリストの主要なメッセージというのは、どんなときも慈悲が正義に勝つということなのだ。

それだけではない。原罪の根本的なメッセージは「つねに罪悪感を覚えなさい」ということではないはずだ。むしろ、「『善良とはどういう意味か』という意見なら誰もが持っているが、いつもそのとおりに生きることはできない」といったようなものなのだと思う。結局のところ、それこそが新約聖書のメッセージなのかもしれない。たとえわれわれが「レビ記」の規定のような明確に定義された概念を持っていたとしても、それにしたがって生きることはできない。単に不可能なだけではなく、そんなのは正気ではない。

もちろん私は神について明確なことは何も言えないけれど、人生の根本的な現実が単純な決定論に反していることは確かだ。さらに、啓示とは認識できるものだと主張する人間は、私を含めて誰もいない。われわれはみな理性的な人間であり、啓示というのは今ひとつ物足りない。たとえ神がわれわれに話しかけたとしても、錯覚にちがいないと思ってしまうのだ。

それでは、大志を抱く形而上学者は何をすべきなのか？

あきらめる？

そんなところか。

永遠の真実にたどり着こうともがきながらも、それは不可能なことだと気づく。たとえ正しい答が存在するとしても、それが真実だと立証するのはまず不可能なのだ。

結局、誰もが全体像の一部しか見ることができないというのは疑いようがない。医師はある部分を、患者はべつの部分を、エンジニアは三番目の部分を、経済学者は四番目の部分を、真珠貝採りの潜水員は五番目の部分を、アルコール依存症患者は六番目の部分を、ケーブルテレビの作業員は七番目の部分を、牧羊業者は八番目の部分を、インド人の物乞いは九番目の部分を、司祭は一〇番目の部分を、といった具合に。人類の知識がすべてひとりの人間に蓄えられているということはない。それは人が人とのあいだに、そして、世界とのあいだに築く関係から育っていくものであり、それでも、けっして完全になることはない。そして永遠の真実は、それらすべての上から降りてくる。ちょうど日曜の教会での朗読の最後の部分にあるように。

こうして、種を蒔く人も刈る人も、共に喜ぶのである。そこで、『一人が種を蒔き、別の人が刈り入れる』ということわざのとおりになる。あなたがたが自分では労苦しなかったものを借り入れるために、わたしはあなたがたを遣わした。他の人々が労苦し、あなたがたはその労苦の実りにあずかっている。

私はCTスキャナーから降りた。手術を再開してから七カ月が経っていた。これが研修を終えるまえの最後のCT検査になるだろう。父親になるまえの、未来が現実のものになるまえの最後の検査に。

「先生、ご覧になりますか?」と技師が声をかけてきた。

「今はやめとくよ」と私は言った。「今日は忙しいので」

すでに午後六時だった。患者の診察をしたり、明日の手術のスケジュールを組んだり、画像を見直したり、臨床ノートを口述したり、術後患者の様子を見にいったりしなければならなかった。午後八時ごろ、私は脳神経外科のオフィスの画像診断用モニターのところへ行って電源を入れ、明日手術する患者の画像を確認した。むずかしくはない脊椎の症例だった。そしてついに、自分の名前をタイプした。以前の画像と比較しながら、子供のパラパラ漫画をめくるように画像を次々と見ていった。なんら変わったところはないように思えた。以前からある腫瘍はまったく変化していなかった……いや、待てよ。

まえの画像に戻り、もう一度見た。

まちがいない。新しい腫瘍だ。大きな腫瘍が右肺の中葉を占拠していた。それは奇妙にも、水平線をあと少しで離れそうな満月のように見えた。以前の画像をもう一度見ると、かすかな種を見つけることができた。幽霊のようにぼんやりとしていた先触れが、今では完全な姿になっていた。

怒りも恐怖も感じなかった。それは単にそこに存在していただけだった。太陽から地球までの距離のような、この世界についてのひとつの事実として。私は車で帰宅し、ルーシーに伝えた。今は木曜の夜で、次にエマに会うのは月曜だったが、ルーシーと私はおたがいのノートパソコンを持って居間で坐り、次の段階について細かい計画を立てた。生検、検査、化学療法。この先の治療はこれまでより辛いものになるはずであり、長期生存の可能性は遠のくはずだった。私はまたエリオットの詩を思い出した。「だが、背後の冷たい風の中、ぼくの耳に聞こえる／骨たちのカラカラ鳴るひびき、そして、大きく裂けた口の忍び笑い」。数週間は、脳神経外科の手術はできないだろう。もしかしたら何カ月ものあいだ、もしかしたら永久に。でも私とルーシーは、すべてを現実にするのは月曜まで待とうと決めた。今日は木曜であり、私はすでに明日の手術室のスケジュールを組んでいた。レジデントしての最後の一日を過ごすつもりだった。

翌朝の五時二〇分に病院に着き、車から降りると、深く息を吸い込んだ。ユーカリの香りがした……それと、これは松の香りだろうか？　今まで気づかなかった。朝の回診のまえにレジデントのチームが集まると、われわれは昨晩の病棟の様子や、新入院や、新たな画像について検討し、治療上のミスや、死亡症例について検討する定期的な会議であるM&M、すなわち死亡症例検討会のまえに入院患者の診察に向かった。その後、私は数分かけて、受け持ち患者のミスター・Rの診察をした。彼はゲルストマン症候群というまれな病を患っていた。脳腫瘍を摘出したあとで、書くことも、指定された指を示すことも、計算もできなくなり、さらに、左右がわからなくなるという一連の特殊な症候を示すようになったのだ。ゲルストマン症候群の患者には医学生のころに一度遭遇したきりだった。八年前、脳神経外科の実習をした際に、私が経過を追った最初の患者のひとりだった。そのときの患者と同じく、ミスター・Rも多幸感に包まれていて、まだ報告されてはいなかったものの、それもまたゲルストマン症候群の症状のひとつなのかもしれないと私は思った。とはいえ、ミスター・Rは回復しつつあった。話し方はほぼ正常に戻っており、計算力もほんの少し劣っているだけだった。彼はいずれきっと、完全に回復するはずだった。

午後になり、私は最後の手術のまえに手洗いをした。いきなり、この瞬間が途方もなく大きな意味を持っているように感じられた。これが人生最後の手洗いになるのだろうか？　たぶん、そうだ。石鹼水が腕を伝って落ち、排水口に消えるのを眺めた。手術室にはいり、ガウンを着て、角にしわが寄っていないか確かめながら患者にドレープをかけた。この手術は完璧なものにしたかった。患者の背中の下部を切開した。高齢の男性で、変性した脊椎が神経根を圧迫し、痛みを生じさせていた。脂肪をよけて筋膜を露出させると、脊椎の棘突起《きょくとっき》に触れた。筋膜を切開し、筋肉をなめらかに切り開くと、出血のないきれいな創《そう》から光沢のある幅広の椎骨が覗いた。椎骨の後壁の椎弓が骨増生していて、その下の靭帯とともに神経を圧迫していた。私が椎弓の切除に取りかかったところで、指導医がのんびりとやってきた。

「うまくいっているようだな」と彼は言った。「今日の会議に出たければ、フェローを呼んで続きをやらせるが」

背中が痛みだしていた。どうしてあらかじめ鎮痛剤を余分に飲んでおかなかったんだ？　でもこの手術は早く終わるはずだ。あと少しで。

「いいえ」と私は言った。「最後まで自分でやりたいんです」

指導医が手洗いをし、われわれは一緒に椎弓を切除した。指導医が靭帯の切除に取りかかった。靭帯の下には硬膜があり、硬膜の内側には脊髄液と神経根が含まれていた。この段階で最も多いミスは硬膜に穴を開けてしまうことだった。反対側の手術をしていた私の視界の隅に、指導医の持つ鉗子の脇で青い光がちらりときらめくのが見えた。硬膜に穴が開いたのだ。

「危ない！」と私が言うのと、指導医の鉗子の先端が硬膜に食い込むのとがほぼ同時だった。透明な脊髄液が流れ出て、創を満たした。もう一年以上、私は硬膜を破るというミスを犯してはいなかった。修復にはさらに一時間を要する。

「顕微鏡を出して」と私は言った。「硬膜に穴が開いた」

われわれが硬膜の修復を終え、神経を圧迫している軟部組織を取り除いたころには、肩が焼けるように痛くなっていた。指導医が手を下ろし、私に詫びを言って感謝を伝え、縫合を任せて手術室を出た。私は筋膜と皮下組織をていねいに縫い合わせ、ナイロン糸を使って皮膚を連続縫合しはじめた。ほとんどの外科医がこの段階でステープラーを使うが、私自身はナイロン糸のほうが感染率が低いと確信していた。この手術だけは、この最後の縫合だけは、自分のやり方でやるつもりだった。皮膚はきれいに縫い合わさった。引きつりもなく、まるで手術などしていないかのように。

よかった。いいことがひとつはあった。

一緒に患者のドレープを取りながら、手術助手の看護師が訊いてきた。その看護師と一緒に仕事をしたのは今日が初めてだった。「先生は今週末、オンコールですか？」

「いや」たぶん、もう二度とオンコール待機をすることはないだろう。

「今日はほかに手術をされますか？」

「いや」たぶん、もう二度とすることはないだろう。

「よかった。ということは、これでハッピーエンドですね！　仕事はおしまい。ハッピーエンドって好きです。先生は？」

「ああ。ハッピーエンドは好きだよ」

看護師が患者の体を拭き、麻酔科医が患者を覚醒させているあいだ、私はパソコンのまえに坐って指示を入力した。私はいつも、自分が術者のときには、みんなが手術室でかけたがるハイエナジー系のポップミュージックではなくて、もっぱらボサノバだけを聴くことになるよ、と冗談まじりにスタッフを脅していた。私が『ゲッツ／ジルベルト』をかけると、サックスのやわらかな音色が手術室を満たした。

ほどなくして私は手術室を出て、七年間の研修生活のあいだにたまった私物をまとめた。帰れない夜のための着替え一式、歯ブラシ、石鹼、携帯電話の充電器、おやつ、頭蓋骨の模型、脳神経外科の教科書など。だが思い直して、教科書は置いていくことにした。ここにあったほうが役に立つはずだ。

駐車場に向かっているときに、フェローが近寄ってきた。私に何か尋ねたそうだった。が、途中で彼のポケベルが鳴った。彼はポケベルに目をやると、手を振って踵を返し、病院へと駆け戻っていった。「またあとで！」と彼は肩越しに呼びかけた。私は運転席に坐り、鍵をまわした。涙があふれてきた。ゆっくりと道路に出た。家に着き、玄関からなかにはいり、白衣をかけて、ＩＤバッジを外した。ポケベルから電池を抜いた。手術着を脱いで、長い時間をかけてシャワーを浴びた。

その日の夜、私はビクトリアに電話して、月曜は出勤しないこと、おそらくもう二度と出勤しないこと、手術室のスケジュールを立てることも、もうないことを伝えた。「この日がやってくる悪夢を何度も見たわ」と彼女は言った。「こんなに長いあいだ、あなたがどうしてがんばれたのかわからない」

月曜に、ルーシーと私はエマに会った。エマは私たちが立てた計画（気管支鏡を用いて生検をし、標的となりうる遺伝子変異を探し、それがなければ化学療法をおこなう）でまちがいないと言ってくれた。でも私がエマのもとを訪れたほんとうの理由は、彼女に導いてほしかったからだ。私は脳神経外科をやめると彼女に告げた。

「わかりました」と彼女は言った。「それで問題はありません。もっと大切なことに集中したいのなら、脳神経外科の仕事をやめてもかまいません。でも、やめる理由は具合が悪いからではない。一週間前とくらべて、あなたの具合は少しも悪くなっていないんですから。障害物に出くわしたのは確かですが、そのせいで今の軌道を変える必要はありません。脳神経外科はあなたにとって大切なものなんですから」

今度もまた、私は境界線を越えて医師から患者へと移った。行為者から影響をおよぼされる者へと、主語から直接目的語へと。病気になるまでの私の人生は自分のしたさまざまな選択の和として理解することができた。たいていの近代の物語がそうであるように、登場人物の運命は人間の行動に、自分自身や他人の行動に左右されるのだと思っていた。『リア王』のグロスター伯は人間の運命を「気紛れな悪戯児《いたずらっこ》の目に留った夏の虫」と表現しているけれど、芝居の劇的な弧を動かすのはほかでもない、リア王の虚栄心だ。一八世紀ヨーロッパの啓蒙時代以来、個人が舞台の中央に躍り出たが、今の私はそれとはちがう世界に生きているように感じられた。超自然的な力をまえに人間の行動がかすんでしまうような、もっと古い時代に生きているように。シェイクスピアというよりもギリシャ悲劇に近い世界に生きているように。どれほど努力したところで、オイディプスと彼の両親は運命から逃れることができず、自分たちの人生を制御している力に接触するには、神聖な洞察を与えてくれる神託や予言者を介するしかなかった。私がエマのところにやってきた理由は治療計画を知りたいからではなかった。文献はすでに充分に読んでおり、この先の医学的な道ならもう知っていた。そうではなく、神託のような見識がもたらすやすらぎを求めていたからだ。

「これは終わりではありません」とエマは言った。不可能な答を求める患者に向かって、彼女はこの台詞をこれまでに数え切れないくらい言ったにちがいない。結局のところ私だって、自分の患者に同じような言葉をかけてきたんじゃなかったか？「終わりの始まりですらありません。始まりの終わりにすぎません」

気分が上向いた。

生検をしてから一週間後、診療看護師のアレクシスから電話があった。私のがんには標的となる遺伝子変異がなく、そのために、化学療法が唯一の選択肢になると告げられた。治療は月曜から始める、と。私が特定の薬剤について尋ねたところ、それについてはエマに訊くようにとのことだった。エマは今、子供たちを連れてタホ湖に向かっているけれど、週末には電話をよこすはずだと。

翌日の土曜、エマから電話があった。私はエマに化学療法剤についての意見を求めた。

「そうですね」と彼女は言った。「何か具体的な意見はありますか？」

「いちばんの問題はアバスチンを使うかどうかだと思うんですが」と私は言った。

「データがばらばらなのは知っています。起こりうる副作用の数が増えるのも。がんセンターのなかにはアバスチンを使わなくなってきているところもあるみたいですし。でも、アバスチンの使用を支持する研究が多いのも確かなので、自分としては、使う方向に傾いています。ひどい副作用が出たらやめればいいので。先生がそれで問題ないと思うなら」

「ええ。問題ないと思います。保険の関係で、あとからアバスチンを追加するのはむずかしいんです。それもあって、使うなら最初から使ったほうがいいと思います」

「お電話ありがとうございました。では、また湖を楽しんで」

「ええ。でもひとつだけ」彼女は一呼吸置いた。「わたしとしても、あなたと一緒に治療計画を立てるのはとてもうれしいんです。言うまでもなく、あなたは医師だし、全部理解したうえで話しているし、これはあなたの人生だし。でも、わたしにただの医師になってほしいなら、喜んでそうなります」

自分自身の治療に対する責任から自らを解放してもいいなどとは考えたことがなかった。私はずっと、患者というのは誰もが自分の病気の専門家だと思っていた。まだなんの経験もない学生だったころ、私はよく、最終的には患者に頼んで、自分の病気や治療について説明してもらった。黒ずんだ足指やピンクの薬について。だが医師になってからは、患者に自分ひとりで決断するように求めたことは一度もなかった。私には患者に対する責任があったからだ。自分が今も同じようにしようとしていることに気づいた。患者としての自分に対して、医師としての自分が責任を持ったままだということに。もしかしたら私はギリシャ神話の神に呪われているのかもしれない。でも、責任を放棄するというのは、不可能ではないにしても、無責任なことに思えた。

化学療法は月曜に始まった。私はルーシーと母と一緒に外来化学療法センターへ行った。点滴をほどこされ、安楽椅子にゆったりと腰掛け、そして待った。抗がん剤のカクテルの点滴には四時間半かかる予定だった。そのあいだ私はうたた寝したり、本を読んだり、ときどきぼんやりと周囲を眺めたりしながら過ごした。傍らにはルーシーと母がいて、ふたりの他愛のない会話がときおり沈黙を破った。同室の患者たちの健康状態はさまざまで、髪がない者もいれば、きれいにセットされている者もいた。やせ衰えている者もいれば、快活な者もいたし、服装がだらしない者もいれば、こざっぱりとしている者もいた。伸ばした腕に点滴の管から毒が滴下されるあいだ、誰もが言葉を発することなくじっと椅子にもたれていた。治療を受けるために、私は三週間ごとにここに来ることになっていた。

治療の効果は翌日から感じられた。深い倦怠感。とてつもない疲労感だった。いつもなら大きな喜びを与えてくれる食事の時間には、まるで海水を飲んでいるような感じがした。私にとっての楽しみが突然、残らず塩漬けにされてしまった。ルーシーが朝食につくってくれたクリームチーズをはさんだベーグルサンドは塩の塊のような味がして、私はそれを脇に置いた。本を読むだけでくたくたになった。ヴィーとの共同研究の治療への応用の可能性について、ふたつの主要な脳神経外科の教科書に数章を書く約束をしていたのだが、その仕事もまた、脇に置いた。テレビ番組と強制的な食事だけが時を刻んだ。数週間が過ぎるころには、ひとつのパターンができあがった。ようやくもとの生活が送れるようになるちょうどそのころに次の治療が始まるというパターンだ。

定期的な治療が続き、その間、副作用のために通院を繰り返した。副作用は深刻なものではなかったけれど、仕事に復帰する妨げにはなった。スタンフォード大学の脳神経外科は、私が国と州が定める研修修了の基準をすべて満たしたと判断した。修了式は土曜に予定されていた。ルーシーの出産予定日の二週間前だった。

修了式の日がやってきた。七年間の研修のクライマックスを飾る式の準備をしながら、正装をして洗面所に立っていたときに、私はいきなり突き刺すような吐き気に襲われた。波のように押し寄せてはくるものの波のように乗ることもできる、化学療法の副作用のいつもの吐き気ではなかった。私はこらえきれずに緑色の胆汁を吐いた。そのチョークのような味は明らかに胃酸とはちがっており、腸管のもっと奥のほうから上がってきたものだった。

結局、修了式には行けなかった。

脱水を防ぐために点滴を受ける必要があったので、私はルーシーの運転で救急部へ行き、すぐに輸液が開始された。やがて嘔吐はやみ、下痢が始まった。私はレジデントのブラッドとなごやかに会話をし、これまでの治療経過や投薬内容を残らず伝え、最終的には、分子標的治療の進歩についてふたりで語り合った。とりわけ、私が今も飲みつづけているタルセバについて。今回の治療計画はいたって単純なもので、私が充分な量の水分を経口摂取できるようになるまで点滴を続けるというだけのことだった。その晩、私は一般病棟に移ったのだが、看護師が内服薬を確認している最中に、タルセバが処方されていないことに気づいた。レジデントに連絡して手落ちを修正してもらうように看護師に頼んだ。よくあることだ、と思った。結局のところ、私は一ダースもの薬を飲んでいるのだから。ひとつも見落とさないというのは容易なことではない。

ブラッドがやってきたのは真夜中をとっくに過ぎたころだった。

「薬のことで質問があるそうですね？」と彼は訊いた。

「ええ」と私は言った。「タルセバが処方されていなかったので。処方してもらえませんか？」

「タルセバは中止することにしました」

「どうして？」

「肝機能の数値が高すぎるので」

私は混乱した。数値ならもう何カ月もまえから高かったわけだし、それが問題なら、なぜ昼間のうちに話し合わなかったんだ？　いずれにしろ、これは明白なミスだった。

「担当の腫瘍内科医で、先生の上司でもあるエマは、肝機能の数値については承知のうえで、それでもタルセバを続ける意向なんです」と私は言った。

レジデントというのはたいてい、指導医の指示なしに自分で医学的な判断をくださざるをえないものだが、ブラッドの場合は、今こうしてエマの考えを知ったわけだから、まちがいなく折れるはずだった。

「しかし、胃腸の症状はタルセバの副作用かもしれません」

混乱が深まった。普通なら指導医の意向を伝えたとたん、議論に終止符が打たれるはずだった。「まる一年、なんの問題もなくタルセバを飲みつづけてきたんだ」と私は言った。「それが今になって急に、嘔吐や下痢が引き起こされたっていうんですか？　化学療法のせいじゃなくて？」

「おそらく、そうだと思います」

混乱は怒りに変わった。メディカル・スクールを卒業してまだ二年しか経っていない、私のジュニアレジデントと大して歳もちがわない小僧が、本気で私に反論しようとしているのか？　言っていることが正しいのなら話はべつだが、彼の言い分はまったく筋がとおらなかった。「今日の午後、話さなかったでしょうか？　タルセバを飲まないと骨に転移した腫瘍が勢いづいて、とんでもない痛みを引き起こすって？　大げさに言うつもりはありません。でも、ボクシングによる骨折なら経験したことがあるけど、こっちのほうがずっとひどい痛みなんだ。痛みスケールの一〇段階のうちの一〇の痛み。叫ばずにいられない痛み」

「でもまあ、タルセバの半減期を考えたなら、一日か二日は痛みが出ることはないと思いますよ」

ブラッドの目に映る私はひとりの患者ではなくなり、ひとつの問題になってしまったのだということがわかった。チェックリストの一項目に。

「いいですか」と彼は言った。「あなたが医師じゃなかったら、そもそもこんな会話をすることもなかったでしょう。今の症状を引き起こしている原因がタルセバだということを証明するために、投薬を中止したんです」

今日の午後のあのなごやかな会話はどこにいったのだろう？　メディカル・スクール時代にある患者から聞いた話を思い出した。その女性は、医師のオフィスに行くときにはいつもいちばん高価な靴下を穿《は》いていくと言った。患者衣を着て、靴を履いていないときには、医師は女性の靴下を見て資産家だと判断し、敬意を払ってくれるからだ（ああ、困ったぞ――私はどうだ、何年ものあいだくすねつづけてきた病院支給の靴下を穿いているじゃないか！）。

「いずれにしろ、タルセバは特別な薬ですから、処方するにはフェローか指導医の承認が必要です。そんなことのために、たった今、誰かを起こしてほしいなんて本気で思っているんですか？　朝まで待てませんか？」

そういうことなのだ。

私に対する義務をはたすには、彼のやるべきことリストに項目がひとつ加わるということを意味していた。上司に気まずい電話をかけて、自分の過ちを打ち明けるという項目だ。彼は今晩、当直だった。レジデント教育の規則により、ほとんどの科が交替勤務制を採用していたが、交替勤務制にはある種のいいかげんさ、つまり、責任が曖昧になるという傾向が伴った。あと数時間引き延ばしさえすれば、私はほかの誰かの問題になる。

「いつも午前五時にタルセバを飲みます」と私は言った。「私と同様、先生にもよくわかっていると思いますが、〝朝まで待つ〟の意味は朝回診《ちょうかいしん》のあとで誰かに対処させるということであり、朝ではなく、午後になるということです。ちがいますか？」

「はいはい、わかりましたよ」と彼は言い、部屋を出ていった。

朝が来て、彼がタルセバを処方していないことがわかった。

エマが病室に立ち寄り、タルセバの処方のことはなんとかすると言った。それから、早くよくなることを祈っていると言い、一週間街を離れていたことを詫びた。その日のうちに私の容態は悪化し、下痢がどんどんひどくなっていった。輸液は続けられていたものの、下痢で水分が失われていくスピードには追いつかなかった。腎臓の機能が低下しはじめた。口がからからに乾いて、話すことも飲み込むこともできなくなった。次の血液検査で血清ナトリウム値が致死的なまでに上昇していることがわかった。私はICUに移された。脱水症のために軟口蓋《なんこうがい》と咽頭《いんとう》の一部が壊死《えし》して剝がれ落ちた。痛みに苦しみながら、私はさまざまな意識レベルのあいだを漂った。専門家の錚々《そうそう》たる一団が結集した。集中治療専門医、腎臓専門医、胃腸科専門医、内分泌専門医、感染症専門医、脳神経外科医、一般外科医、胸部腫瘍専門医、耳鼻咽喉科医。妊娠三八週のルーシーは昼間は私のそばにいて、夜はＩＣＵから数歩行ったところにある当直室にこっそり移動した。私の様子をいつでも見にこられるように、私がかつて使っていた部屋に。ルーシーと父も意見を言った。

　意識が清明なときには、多くの声が不協和音を生んでいることに気づいた。このような状態は医学ではＷＩＣＯＳ問題と呼ばれている。つまり、誰が船の船長なのか《Who Is the Captain Of the Ship》？という問題だ。腎臓専門医は集中治療専門医の意見に反対し、集中治療専門医は内分泌専門医の意見に反対し、内分泌専門医は胸部腫瘍専門医の意見に反対し、胸部腫瘍専門医は胃腸科専門医の意見に反対していた。私も自分自身の治療に対して責任を感じていて、意識がはっきりしているときには現在の病状について詳細にタイプした。そして、ルーシーの助けを借りて医師全員を集め、事実とその解釈に誤解がないように努めた。うつらうつらしている私の耳に、父とルーシーが私の病状について医師チームと話し合っている声がかすかに届いた。化学療法の影響が抜けるまで輸液を続けるというのが主な治療計画であると私たち三人は考えていたのだが、専門家のチームはそれぞれに、べつのより深遠な可能性についても考慮しなければならないと考えていた。そして、その可能性を調べるための検査や治療をすべきだと主張した。そこには不必要だと思われるものや、思慮に欠けると思われるものも含まれていたのだが、結局、検査のための検体が採取され、画像検査がオーダーされ、薬が投与された。時間の感覚がなくなり、何が起きているのかわからなくなった。治療計画を説明してほしいと頼んではみたものの、聞こえてくる文章の意味はとらえがたくなり、耳に届く声は低く不明瞭になった。私が医師たちの説明を聞きながら話の筋道をつかんでは見失うというのを繰り返しているうちに、やがて、闇が降りてきた。今ここにエマがいて、指揮を執ってくれたらどんなにいいだろうと心から思った。

いきなり、エマが現れた。

「もう戻ってきたんですか?」と私は訊いた。

「あなたがICUにはいってから、もう一週間以上経ったんですよ。でも大丈夫。よくなっていますから。ほとんどの検査結果が正常になりました。もうすぐここを出られますよ」エマがずっとEメールで医師たちと連絡を取っていたことを知った。

「先生がただの医師になって、僕がただの患者になることもできる。まえにそう言ってくれましたよね?」と私は訊いた。「それはいい考えかもしれない。正しい視点を見つけるために、僕はこれまで科学と文学を読んできましたが、いまだに見つけられずにいます」

「読んで見つけられるものではないのかもしれない」と彼女は応じた。
今ではエマが船の船長であり、今回の入院をめぐる混乱に静けさをもたらしてくれた。T・S・エリオットの詩が頭に浮かんだ。

ダミヤタ——船は従った
楽しげに、帆と櫂《かい》に熟達した人の手に
海は凪《な》いでいた。もし誘われれば、きみの心も快く
応じたことだろう、指図する者の手の動きに
従順に鼓動して

私は病院のベッドにもたれ、目を閉じた。意識が混濁して闇が降りてくると、ようやくくつろぐことができた。

陣痛が来ないまま、ルーシーの予定日がやってきて、そしてついに私の退院日が決

まった。がんという診断を受けて以来、体重が一八キロも減っていたが、そのうちの七キロは先週だけで減った分だった。今では八年生のころとほぼ同じ体重だった。そのころにくらべて髪はずいぶん薄くなってしまったけれど。ここ一ヵ月のあいだにごっそり抜けてしまったのだ。私はふたたび覚醒し、神経が研ぎ澄まされているのを感じてはいたものの、ひどく衰弱していた。まるで生きたX線写真のように、皮膚には骨格が浮き出ていた。家に帰ってからも、頭を上げているだけで疲れた。水のはいったコップを持ち上げるには両手でつかまなければならず、読書など論外だった。

私たちに手を貸そうと、どちらの両親も街に来ていた。退院の二日後に、ルーシーは最初の子宮の収縮を感じた。そのときルーシーは家にいて、私は退院後の診察を受けるために、母の運転でエマのもとを訪ねていた。

「もどかしい？」とエマは尋ねた。

「いいえ」

「もどかしくて当然です。回復には時間がかかりますから」

「まあ確かに、もどかしいですね。全体像を見れば、確かにもどかしい。でも一日単位で考えたなら、また理学療法を受けようと思っています。体力を取り戻そうと。まえに一度やったことなので、また同じことを繰り返すだけです」

「いちばん最後に撮ったCTはもう見ましたか?」とエマは訊いた。

「いいえ、なんとなく見るのをやめてしまって」

「いい感じですよ」と彼女は言った。「がんは落ちついています。わずかに小さくなっているようにも見えます」

私たちは今後の計画について話し合った。体力がつくまでは化学療法を延期しなければならず、今の状態では実験的な臨床試験への参加も受けつけてもらえなかった。今の私にとっては、治療は選択肢のひとつではなかった。いくらか体力が回復するまでは。筋力の衰えた首を支えるために、私は壁に頭をあずけた。頭がうまく働かなかった。今度もまた、例の予言者に水晶で占ってもらわなければならなかった。小鳥や、星図や、変異した遺伝子や、カプランマイヤー生存曲線から、秘密のメッセージをかき集めてもらわなければならなかった。

「エマ」と私は言った。「次の段階はなんですか?」

「体力をつける。それだけです」

「でも、がんが再燃したら……つまり、可能性は……」私は言いよどんだ。一次治療(タルセバ)は効かなくなった。二次治療(化学療法)は私を殺しかけた。三次治療は、もし私がそこにたどり着ければの話だが、望みはあまりなさそうだった。そこから先は、茫漠たる未知の実験的治療の領域が広がっていた。疑念の言葉がこぼれた。

「つまり、また手術ができるようになる可能性は、いや、歩けるようになる可能性は、いや――」

「あと五年は元気に暮らせます」とエマは言った。

彼女はそう宣言したけれど、その口調は予言者のような断固としたものではなく、心から信じているという自信もそこからは感じられなかった。彼女はその言葉を懇願のように言ったのだ。数字でしか話せないあの患者のように。私に向かって話しているというよりも、どんな力にしろ、どんな運命にしろ、こうしたことを真に左右しているものに向かって、ただの人間として、懇願していたのだ。医師と患者であるわれわれはひとつの関係にあった。あるときはその関係は厳然とした空気をまとい、またあるときは、そう、今のように、ひとりが奈落に直面している今のように、たがいに肩を寄せ合うふたりの人間でしかなかった。

医師もまた、希望を必要としているのだとわかった。

エマのところから帰る途中で、義母から電話があり、ルーシーと一緒に病院に向かっているところだと告げられた。陣痛が始まっていた(「硬膜外麻酔を早めに頼んでください」と私は義母に言った。ルーシーはもう充分に苦しんできたのだから)。私は病院に戻り、父に車椅子を押してもらってルーシーのところへ行き、分娩室の簡易ベッドに横になって、骨と皮ばかりの体が震えないようにヒートパックと毛布で体を温めた。それから二時間のあいだ、私はルーシーと看護師が分娩の手順を踏んでいくのを眺めた。子宮が収縮すると、看護師がいきむ長さをカウントで教えた。「いち、に、さん、し、ご、ろく、なな、はち、きゅう、じゅう!」

ルーシーが私のほうを向き、笑みを浮かべて言った。「スポーツみたい!」

簡易ベッドに横たわって、ルーシーのお腹が盛り上がるのを眺めながら、私は笑みを返した。ルーシーと娘の人生にはこの先、あまりに多くの不在が待ち受けていることだろう。今こうしていることが、私がふたりと一緒にいられる精いっぱいの形だとしたら、それはそれでいい。そう思った。

真夜中過ぎに、私は看護師にそっと押されて目を覚ました。「もうすぐですよ」と彼女はささやいた。看護師は毛布をめくり、私がルーシーのとなりの椅子に坐るのに手を貸してくれた。産科医はすでに部屋にいた。私と同じくらいの歳の女性医師だった。赤ん坊の頭が出てくると、医師は私のほうを見て言った。「ひとつ言えるのは、娘さんの髪はお父さん譲りってことですね。それに、ふさふさ」。私はうなずき、そして出産の最後の瞬間、ルーシーの手を握った。ルーシーは最後にもう一度いきみ、そして、七月四日の午前二時一一分、娘は誕生した。エリザベス・アケイディア。ケイディ。何カ月もまえに私たちが決めた名前だ。

「娘さんを素肌で抱いてみますか、パパ?」と看護師が私に尋ねた。

「いや、やめときます。ものすごく、さ、さ、寒いので」歯をカチカチ言わせながら、私は言った。「でもぜひ抱っこさせてください」

看護師たちはケイディを毛布にくるんで、私に渡してくれた。片腕にケイディの重みを感じ、もう一方の手でルーシーの手を握っていたそのとき、私たちのまえには人生の可能性が広がっていった。私の体のなかのがん細胞はこの先もまだ死につづけるかもしれないし、あるいは、ふたたび増えはじめるかもしれない。前方の広大な広がりを見渡した私の目に映ったのは、がらんとした不毛の地ではなく、もっとシンプルなもの、真っ白なページだった。そのページの上を、私は進んでいく。

家のなかは活気に満ちている。

ケイディは日ごとに、週ごとに、成長している。初めて物をつかんだ日、初めてにっこり笑った日、初めて声を出して笑った日。かかりつけの小児科医が定期的にケイディの成長をチャートに記録し、それぞれの月齢での発達状態をチェックしている。まばゆい新しさがケイディを取り囲んでいる。ケイディがにこにこしながら私の膝の上に坐り、調子はずれな私の歌声に夢中になっている様子を眺めていると、まるで白熱光が部屋を照らしているように感じられる。

私にとっての時間は今ではふたつの意味を持っている。一日が過ぎるごとに、私はいちばん最近の再燃から遠ざかっていくと同時に、次の再発に近づいていく。そして最終的には、死に。もしかしたら死は私が思っているよりは遠くにあるのかもしれない。でも望んでいるよりも遠くでないことは確かだ。そう悟ったあとの反応は、想像するに、ふたつあるのではないだろうか。最もわかりやすいのは、熱狂的に活動したいという衝動、つまり「悔いのないように生きたい」という衝動だ。旅行したり、美味しいものを食べたり、これまでほったらかしにしてきた数々の野望を実現したりする。しかし、がんの残酷さは人生の残り時間を短くするだけでなく、活力をも減らしてしまう点にある。一日のなかに詰め込める活力を大きく減らしてしまうのだ。競争しているのは、今では疲れはてたウサギだ。でも私は、たとえ充分に活力があったとしても、カメのように生きたいと思っている。とぼとぼ歩き、思案する。ときには、ただ生きながらえるだけの日もある。

もし人が猛スピードで動くと時間が延びるのだとしたら、ほとんど動かなければ、時間は縮むのだろうか？　そうにちがいない。一日一日がずいぶんと短くなってしまった。

今日と明日を区別するものがほぼなくなってからというもの、時間が静止しているように感じられるようになった。英語では、われわれはtimeという言葉をさまざまな意味で使う。「時刻timeは二時四五分です」や、「今は大変な時期timeだ」のように。このごろの私には、時間はカチカチと時を刻む時計というよりも、ひとつの存在状態のように感じられるようになった。けだるさが居坐っている。率直でいられる。外科医として手術室で患者に集中しているあいだは、時計の針の位置というのは気まぐれだと感じたが、意味がないと思ったことは一度もなかった。でも今は、一日の時間というのはなんの意味も持たず、曜日すらほとんど意味を持たない。医学のトレーニングは過酷なまでに未来志向であり、目先の欲求を我慢する能力を鍛えることにつきる。医師はつねに、五年後の自分が何をしているか考えている。でも今の私には、五年後の自分が何をしているかわからない。死んでいるかもしれない。死んでいないかもしれない。元気にしているかもしれない。本を書いているかもしれない。さあ、どうなるか。要するに、昼食より先の未来について考えることに時間を費やしても、あまり役に立たないということだ。

動詞の時制も混乱してきている。次のうち、正しいのはどれだろう。「私は脳神経外科医です」、「私は脳神経外科医でした」、「以前、私は脳神経外科医だったことがあり、今後また脳神経外科医になるでしょう」。グレアム・グリーンはかつて、「人生を生きるのは最初の二〇年であり、残りはその反映にほかならない」と言った。ということは、いったい私は今、どの時制を生きているのだろう？ すでに現在形を越えて、過去完了形まで進んでしまったのだろうか？ 未来形は虚ろに響き、他者が口にすると、耳障りに響く。数カ月前、私はスタンフォード大学の卒後一五年目の同窓会に出席し、桃色の夕陽が沈みゆくなか、中庭に立ってウイスキーを飲んだ。「それじゃあ、次は卒後二五年目の同窓会で！」と古い友人たちが別れ際の約束を叫んだとき、私はふと、こう返したら無作法なんだろうなと思った。「いや……たぶん、会うことはないだろうな」

人は誰もが有限性に屈する。この過去完了形の状態に達するのはおそらく、私だけではないだろう。たいていの野望は達成されるか、あるいは放棄されるかのどちらかであり、いずれにしろ、それらは過去に属している。未来は人生のゴールへと向かう梯子《はしご》ではなく、平らになり、そして永遠の現在となる。金や、地位や、旧約聖書でコヘレトが並べたあらゆる空《むな》しいものには、ほとんどなんの益もない。まさしく、風を追うようなことなのだ。

しかし、未来を奪われることのない人がいる。私たちの娘、ケイディだ。娘が私についてなんらかの記憶を持つまで、生きられればいいと思う。言葉は私とちがって長生きする。娘に手紙をいくつか残すことも考えた。でも、いったい何を書けばいいのだろう？　この子がどんな一五歳になるのか、私にはわからないのだから。私たちがつけた呼び名を気に入ってくれるかさえわからないのだから。でも、ありえない奇跡を除いては過去しか持たない私の人生とつかのまの時を重ね合わせた、未来しか持たないこの子に言うべきことが、ひとつだけあるかもしれない。

それはシンプルなメッセージだ。

これからのおまえの人生で、自分について説明したり、自分がそれまでどんな人間だったのか、何をしてきたのか、世界に対してどんな意味を持ってきたのかを記した記録をつくったりしなければならない機会が幾度もあるはずだ。そんなときにはどうか、死にゆく男の日々を喜びで満たしたという事実を、おまえが生まれるまでは一度も味わったことのない喜びで満たしたという事実を差し引かないでほしい。それは、より多くを渇望するような喜びではない。やすらかで、満ち足りた喜びだ。今、まさにこの瞬間、これ以上のものはない。

家族３人での一枚。「わたしたちは悲しみのただなかにありながらも、喜びに満ちた瞬間を何度も味わった。」（エピローグ）

エピローグ

ルーシー・カラニシ

愛する人よ　あなたは二つの遺産を残した
愛の遺産
それは天の父も
微笑んで受け取られるような贈物

あなたは海のようにひろがる
苦痛の野を遺した――
永遠とこの時間のあいだの
あなたの心と私のあいだの

――エミリ・ディキンスン「愛する人よ　あなたは二つの遺産を残した」

二〇一五年三月九日月曜日、八カ月前に娘のケイディが生まれた分娩棟から一八〇メートルほど離れた病院のベッドで、ポールは家族に囲まれて息を引き取った。ケイディの誕生からポールの死までの期間にわたしたちを見かけた人は、ポールがあと一年も生きられず、わたしたちがそのことを理解しているとは思いもしなかっただろう。傍らに置いたベビーカーのなかで、睫毛の長い、黒髪の赤ん坊が眠っているあいだ、わたしたちはよく、地元のバーベキューレストランでスペアリブをしゃぶったり、一杯のビールを分かち合いながら微笑み合ったりした。

タルセバと、その次の化学療法が効かなくなったあとでおこなわれた三次治療にポールのがんが抵抗性になったのは、ケイディが五カ月になり、最初のクリスマスを迎えたころのことだった。クリスマス休暇のあいだに、ケイディは離乳食を開始し、クリスマスの棒キャンディーをイメージした赤白のボーダー柄のお似合いのパジャマを着て、つぶしたサツマイモをもぐもぐ食べた。アリゾナ州キングマンのポールの実家に家族が集まり、ロウソクとおしゃべりで家を輝かせた。その後の数カ月でポールは衰弱していったけれど、わたしたちは悲しみのただなかにありながらも、喜びに満ちた瞬間を何度も味わった。こぢんまりとしたディナー・パーティーを催し、夜はふたりで抱き合い、娘が明るい目とおだやかな性格を授かったことを喜んだ。そして言うまでもなく、ポールは書いていた。肘掛け椅子にもたれ、暖かいフリースの毛布にくるまって。最後の数カ月は、この本を書きおえることだけに集中していた。

　冬が春に変わり、近所のサクラモクレンがピンク色の大きな花を咲かせたけれど、ポールの状態は急速に悪化していった。二月の終わりごろには、呼吸を楽にするために酸素を吸入するようになった。わたしは彼の手つかずの昼食をゴミ箱のなかの手つかずの朝食の上にのせた。そして数時間後には、手つかずの夕食をその上にのせた。以前の彼は、わたしが朝食につくる卵とソーセージとチーズをロールパンではさんだサンドイッチが大好きだったけれど、食欲がなくなってくると、わたしは朝食を卵料理とトーストに替え、やがて、卵料理だけにした。でもそのうちに、それも食べられなくなった。カロリーが確実に摂れるようにと、わたしがつくっていた彼のお気に入りのスムージーも、食欲をそそらなくなった。

　ベッドにはいる時間がいつのまにか早くなってきて、断続的にろれつがまわらなくなり、そして、吐き気がおさまらなくなった。CTとMRIの結果、肺のがんが広がっていることがわかり、さらに、がんが脳に転移していること、がん性髄膜炎（脳や脊髄を覆っている髄液中にがん細胞が広がっている状態）を発症していることが判明した。がん性髄膜炎というまれな病態はとても予後が悪く、診断されてからの余命は数カ月とされているうえに、神経学的機能の急速な衰えという暗い影が前途を覆っていた。この知らせに、ポールは大きな衝撃を受けた。多くは語らなかったけれど、脳神経外科医である彼には、この先どんなことが待ち構えているのかわかった。余命は受け容れていたものの、神経機能が衰えていくという事実が新たにポールを打ちのめした。ものごとの意味がわからなくなり、動作主が自分であるという感覚を失うという見込みは、途方もない苦悶に満ちていた。わたしたちは担当の腫瘍医と一緒に、ポールにとっての最優先事項を守るための作戦を練った。つまり、精神の鋭敏さをできるだけ長く保つためにできることは何かを。わたしたちは臨床試験への参加と、神経腫瘍学の専門家への相談と、そして、ホスピスという選択肢について話し合うために緩和ケア・チームのもとを訪れる手筈を整えた。すべてはポールに残された時間の質を最大限に高めるためのものだった。わたし自身、覚悟は決めていたつもりだったけれど、この先の彼の苦しみを思ったり、あと数週間しか残されていないのでは、数週間すら残されていないのではと不安に思ったりするたびに、胸が張り裂けそうになった。ポールと手をつなぎながら、彼の葬儀が思い浮かんだ。でもそのときのわたしは、数日以内に彼が亡くなってしまうことを知らなかった。

ポールの最後の土曜日、わたしたちは居心地のいいわが家の居間で家族と過ごした。ポールは肘掛け椅子に坐ってケイディを抱き、義父はわたしの授乳椅子に坐り、義母とわたしは近くのソファに腰掛けていた。ポールは歌いながら膝の上でケイディをそっとはずませていた。彼の鼻に酸素を送り込んでいるチューブなど気にも留めずに、ケイディはにこにこ笑っていた。彼の世界は小さくなった。わたしは家族以外の訪問者をお断りし、ポールはわたしにこう言った。「会えなくても、僕がみんなを愛しているということを伝えてほしい。友情を大切に思っているって。アードベッグをもう一杯飲んでも、その気持ちは変わらないって」。彼はその日、何も書かなかった。この本の原稿は完成しておらず、今ではもうポールも、完成させることはないだろうとわかっていた。スタミナも、脳の明瞭さも、時間も、おそらくはもうないだろうと。

ポールは臨床試験にそなえて、がんを抑える効果が不充分だった分子標的治療の錠剤の服用を中止していて、そのせいで、がんが急速に増殖する可能性があった。つまり「再燃」する可能性だ。そのため、わたしは腫瘍医から、彼に毎日同じ課題をさせてその様子を撮影し、話し方や歩き方の変化を見逃さないようにと指示されていた。その土曜日、わたしが居間で撮影しているあいだ、ポールはT・S・エリオットの『荒地』を台本に選んで音読した。「四月は最も残酷な月……記憶と欲望をないまぜにし、春の雨で生気のない根をふるい立たせる」。課題には含まれていないにもかかわらず、ポールは膝の上に本を伏せて暗唱すると言い張り、その言葉に家族は笑った。「ポールらしいわね！」と義母が笑みを浮かべて言った。

翌日の日曜日、わたしたちはおだやかな週末が続くことを願った。ポールの具合がよければ教会に行って、それから丘の上の公園に行き、ケイディといとこをブランコで遊ばせる予定だった。最近もたらされた辛い知らせを呑み込み、悲しみを分かち合い、家族一緒の時間を味わいつづけたかった。

でも、そうはならずに、時間は加速した。

日曜の早朝、わたしがポールの額をなでると、燃えるように熱かった。四〇度の高熱だった。けれどポール自身の具合は悪くなく、新しい症状は何も出ていなかった。

数時間のうちに、わたしとポールは救急救命室にはいり、それから出てきた。義父とスーマンもわたしたちに付き添ってくれた。肺炎の可能性を考慮して抗生物質の投与が開始されたあとで、わたしたちは家族の待つ家に帰ってきた（ポールの胸部X線写真では、肺に腫瘍の陰影が広範囲に広がっているため、感染の所見が覆い隠されている可能性があった）。でもひょっとして、これは感染ではなく、がんが急速に進行しているせいなのだろうか？　その午後、ポールは苦しむ様子もなくうとうとしていたけれど、病状は深刻だった。彼が寝ている姿を見ながら、わたしは泣いた。居間へ行くと、義父も泣いていた。わたしはもうすでに淋しかった。

夕方、ポールの状態が突然、悪化した。彼はベッドのへりに腰掛けて、息をしようと喘いでいた。はっとするほどの変化だった。わたしは救急車を呼んだ。救急救命室にふたたびはいっていくところで（ポールは今回、ストレッチャーで運ばれ、すぐうしろには両親が付き添っていた）、彼はわたしのほうを向いてささやいた。「こんなふうに終わるのかもしれない」

「ずっとそばにいる」とわたしは言った。

病院のスタッフはいつものようにポールを温かく迎えてくれたけれど、彼の容態を把握したとたん、忙しく動きはじめた。最初の検査の結果、医師らは彼の鼻と口をマスクで覆ってＢｉＰＡＰで呼吸を助けることにした。呼吸補助システムであるＢｉＰＡＰは、彼が息を吸い込むたびに加圧した空気を気道に送り込み、呼吸の大部分を助ける。でもそれと同時に、患者の負担にもなりうる。音がうるさいうえに強制的で、呼吸のたびに患者の唇はまるで車窓から顔を出している犬の唇のように開いてしまう。機械がシュー、シューという音を立てはじめると、わたしはストレッチャーの上に身をかがめてポールの手を握った。

ポールの血液中の二酸化炭素濃度は危険なまでに高く、呼吸する力が弱くなっていることを示していた。血液検査の結果から示唆されたのは、血液中の過剰な二酸化炭素のうちのいくらかは、肺の病変と体の衰弱が進行していくにつれて数日から数週間かけて蓄積していったということだった。正常より高い二酸化炭素濃度に脳が順応したために、ポールの意識は清明なままだったのだ。ポールは検査結果を見て、そして医師として、その不吉な結果の意味を理解した。ＩＣＵへと運ばれていく彼のうしろを歩きながら、わたしもまた理解した。ポールが向かっていたのは、ベッド脇に置かれたビニールの椅子に坐った家族に見守られながら、彼自身の患者が手術の前後で闘った場所だった。部屋に着くと、彼はＢｉＰＡＰの呼吸の合間に、わたしに訊いた。

「挿管が必要になるだろうか？　挿管したほうがいいだろうか？」

夜のあいだに、ポールはその質問について医師たちと、家族と、そして、わたしただひとりと話し合った。真夜中近くに、ポールの長年の師である集中治療の指導医が治療の選択肢について家族と話し合うためにやってきた。BiPAPは一時的な解決策だと彼は言った。残る唯一の医学的介入はポールに挿管すること、つまり、人工呼吸器につなぐことだった。ポールはそれを望んでいるだろうか？

問題の核心はすぐにはっきりとした。要するに、この急性呼吸不全を治すことができるかどうかだった。

心配されたのは、ポールの容態がよくならず、人工呼吸器を外せなくなることだった。ポールはやがてせん妄状態に陥り、それから多臓器不全をきたすのではないだろうか？　最初に心が、次に体がこの世を去っていくのではないだろうか？　わたしたちは医師として、そんな身を切られるようなシナリオを実際に見てきた。ポールはべつの選択肢を検討した。挿管ではなく、「コンフォートケア」を選ぶこともできるのだと考えた。死はより確実に、より早くやってくるけれど。「たとえこれを乗り越えられたとしても」脳に転移したがんのことを考えながら、ポールは言った。「自分の未来に意味のある時間が残されているようには思えないんだ」。義母が慌てて割ってはいった。「今晩はまだ何も決めなくていいのよ、パピー。さあ、みんなで少し休みましょう」。ポールは「蘇生をおこなわないでほしい」という意思表示を確定的なものにし、それから、義母の言うとおりにした。彼を思いやって、看護師たちが毛布を余分に持ってきてくれた。わたしは蛍光灯のスイッチを切った。

ポールは日の出まで、どうにか浅い眠りを取ることができた。義父がそばに坐って寝ずの番をし、わたしはとなりの部屋で仮眠を取った。明日は人生で最も辛い日になるかもしれないと覚悟しながら、精神的な強さを保てるように願った。午前六時に、ポールの部屋に忍び足で戻った。部屋のなかはまだほの暗く、集中治療のモニターの電子音が間欠的に響いていた。ポールが目を開けた。わたしたちは「コンフォートケア」、つまり状態の悪化に先手を打つような積極的な治療を避けることについてもう一度話し合った。家に帰れるだろうかとポールは口に出して言った。容態が悪すぎるために、帰る途中で苦しむのではないか、そして亡くなってしまうのではないかとわたしは心配だった。でも、家に帰ることが彼にとっていちばん大切なことなら、どんなことをしてでも帰れるようにするとわたしは言った。そして、うなずきながら言い添えた。ええ、そうね、わたしたちが向かう方向はコンフォートケアなのかもしれないわね、と。それとも、ここに家を再現できないかしら？　BiPAPが空気を送り込む合間に、彼は答えた。「ケイディ」

友人のビクトリアがすぐに家からケイディを連れてきてくれた。ケイディはポールの右腕に居心地よさそうに抱かれ、そして、ケイディらしい無頓着でご機嫌な付き添いを始めた。空気を送り込みつづけ、ポールの命をつないでいるBiPAPの機械など気にも留めずに、ケイディは小さな靴下を引っぱったり、病院の毛布を叩いたり、にこにこしたり、喉を鳴らして喜んだりした。

医師たちが回診にやってきて、部屋の外でポールについて話し合い、わたしたち家族もそれに加わった。ポールの急性呼吸不全はがんの急速な進行によるものと思われた。血液中の二酸化炭素濃度はいまだに上昇しつづけており、挿管の必要性を揺るぎないものにしていた。家族の意見は分かれた。というのも、少しまえに担当の腫瘍医が電話してきて、急性期を乗り越えられることを期待していると伝えたからだ。でも一方で、ICUの医師たちはそんなに楽観的ではなかった。わたしは、急速に悪化した彼の容態を改善できる可能性を少しでも信じているなら、そう言ってほしいと医師たちに懇願した。

「ポールは奇跡の大逆転にかけたいとは思っていません」とわたしは言った。「意味のある時間を過ごせる可能性が残されていないのなら、マスクを取って、ケイディを抱きしめたいと思っています」

わたしはポールのベッド脇に戻った。彼はわたしを見て、はっきりと言った。「用意ができたよ」BiPAPのマスクの上の目は鋭く、その声は静かだけれど揺るぎなかった。

呼吸器を外す用意が、モルヒネを開始する用意が、死ぬ用意ができたということだった。

家族が集まった。ポールの決意のあとの貴重な時間に、わたしたちはみんな、愛と尊敬を彼に伝えた。ポールの目に涙が光った。彼は両親に感謝を伝え、原稿をなんらかの形で出版してほしいとわたしたちに頼んだ。そして最後にもう一度、わたしに愛していると言った。指導医が進み出て、励ますように言った。「ポール、きみが亡くなったあと、家族は打ちのめされるけれど、必ず立ち直るよ。きみがお手本として示してくれた勇気の力で」。ジーバンはじっとポールを見つめていた。そして、スーマンが言った。「弟よ、安心して行くんだ」。悲しみに押しつぶされそうになりながら、わたしは彼と共有する最後のベッドに横たわった。

ふたりで共有したほかのベッドのことを思った。八年前、まだ医学生だったころ、わたしたちはツインベッドの片方で今と同じように身を寄せ合って眠った。となりのベッドには自宅で死を迎えつつあるわたしの祖父がいて、わたしたちは祖父の世話をするために新婚旅行を途中で切り上げたのだった。ポールとわたしは数時間ごとに目を覚まして、祖父に薬を与えた。祖父が小声で何か頼むたびに身をかがめてじっと耳を傾けるポールの姿を見て、彼へのわたしの愛はいっそう深まった。あのときのわたしたちは、今のこの光景を想像もしていなかった。ポール自身の死の床がこんなにもすぐに、わたしたちの未来に待ち受けているなんて。二二カ月前、がんという診断を受けて、わたしたちはこの病院のべつの階のベッドの上で泣いた。八カ月前、ケイディが生まれた翌日に、わたしたちはこの病院のわたしのベッドで抱き合いながら、一緒に眠った。娘が生まれてから、あんなに長く、ぐっすり眠れたのは初めてだった。今は空っぽの、わが家の心地いいベッドのことを思った。一二年前にニューヘイブンで恋に落ち、そしてすぐに、ふたりの体と四肢がこんなにもぴたりと合うと知って驚いたことを思い出した。ふたりともそれ以来、体を絡ませているときがいちばんよく眠れたことを思い出した。ポールが今、わたしと同じように、静かな安らぎを感じていることを心から願った。

一時間後、マスクが外されてモニターが切られ、モルヒネの点滴が始まった。ポールの呼吸は安定していたものの、浅かった。苦しそうな様子はなかったけれど、わたしがモルヒネを増やしてほしいかと訊くと、彼は目を閉じたままうなずいた。義母はそばに坐っていて、義父の手はポールの頭に置かれていた。そしてとうとう、ポールは意識を失っていった。

ポールの両親、兄弟、義理の姉、娘とわたしは九時間以上、彼のそばを離れずにいた。意識のないポールの呼吸は今ではしだいに途切れがちになり、回数も減ってきた。瞼は閉じたままで、表情は安らかだった。彼の長い指はわたしの指の上にそっと置かれていた。両親がケイディを抱っこし、ふたたびベッドに寝かせてミルクを飲ませると、ケイディは眠った。愛で満たされたその部屋は、わたしたちが何年ものあいだ一緒に過ごしてきた休日や週末の光景そのものだった。わたしはポールの髪をなでながら、「あなたは勇敢な騎士《パラディン》」とわたしがつけた彼のあだ名をささやき、お気に入りの歌を耳元でそっと歌った。ここ数カ月のあいだにふたりでつくった、「愛してくれてありがとう」というメッセージの込められた歌だ。親しいいとこと叔父、そして司祭が到着した。家族はいとおしい逸話を語り合い、内輪の冗談を言い合った。そして代わる代わる涙を流し、不安な表情でポールの顔やたがいの顔を見つめた。みんなが一緒にいられるこの時間がどれほど尊いか、身に沁みて感じながら。

北西向きの窓から暖かな夕陽が斜めに差し込むころ、ポールの呼吸はさらに静かになった。寝る時間が近づくと、ケイディはぽっちゃりとした拳で目をこすり、彼女を家に連れて帰ってくれる友人がやってきた。わたしはケイディの頬をポールの頬につけた。ふたりのそっくりな黒髪には同じような寝ぐせがついていた。ポールの表情は静かで、ケイディの表情は不思議そうだけれどもおだやかだった。彼の愛する娘はこれが別れの瞬間だとは思ってもいなかった。わたしはいつもケイディに歌っている子守歌を静かに歌った。ケイディに、ふたりに。それから、ケイディを友人に渡した。

部屋が暗くなって夜が訪れ、低い位置の壁灯が暖かな光を放つころ、ポールの呼吸は弱々しく、そして、途切れがちになった。体は休んでいるように見え、四肢に力ははいっていなかった。もうすぐ九時だった。ポールは目を閉じて唇を開いたまま、息を吸い、そして最後の、深い息を吐いた。

本書 *When Breath Becomes Air* はある意味、ポールの病状の急速な悪化によって頓挫してしまった未完の作品といえるけれど、ポールが直面した現実の、その真実の本質的な要素であることはまちがいない。人生の最後の一年、ポールは絶え間なく書いていた。目的に突き動かされ、刻々と過ぎていく時間にせき立てられて。彼がまだ脳神経外科のチーフレジデントだったころ、真夜中にいきなり起きて書きはじめたのが最初だった。ベッドのわたしのとなりで横になったまま、彼はノートパソコンのキーボードを静かに叩いていた。その後は、午後にずっと自宅のリクライニングチェアに坐って書いたり、腫瘍医の待合室で数段落を下書きしたり、抗がん剤の点滴の最中に担当の編集者からの電話を受けたりし、とにかく、どこへ行くにもシルバーのノートパソコンを持っていった。化学療法の副作用で指先がひび割れて痛くなると、わたしたちは縫い目のない、銀繊維の耐静電気手袋を見つけてきて、それをはめることで彼はまたトラックパッドとキーボードが使えるようになった。がんの進行によるひどい倦怠感にもかかわらず、精神的な集中力を保てるようにするということが緩和ケアの焦点になった。ポールは書きつづけると強く決意していた。

この本には時間と闘っているという切迫感と、言わなければならない大切なことがあるという切迫感がある。ポールは医師として、やがては患者として、死に直面し、死を吟味し、死と格闘し、そして、死を受け容れた。人々が死を理解し、自らの死すべき定めに向き合えるように手助けしたいと願っていた。三〇代での死というのは現在ではまれだけれど、死ぬこと自体はそうではない。「肺がんで死ぬことの何がいいかといえば、奇抜でもなんでもないということだ」とポールは親友のロビンに宛てた

Eメールのなかで書いている。「充分に悲劇的なうえに、充分に想像できるということだ。（読者は）僕の靴を履くようにして僕の境遇に身を置き、その靴で少し歩いてみて、〝そうか、ここからの景色はこんなふうに見えるんだな……遅かれ早かれ、今度は自分の靴を履いて、この場所に戻ってくることになるんだろう〟と言うんだ。僕の目的はたぶん、そういうことなんだと思う。死を扇情的に取り上げることでも、楽しめるうちに楽しんでおきなさいと人々に勧告することでもなく、道の先に待ち受けているのはこれなんだと示すことなんだと思う」。言うまでもなく、ポールは単に地形を描写する以上のことをした。目のまえに広がる地形を、勇敢に横断したのだ。

死から目をそらさないというポールの決意は、死という問題を回避する文化のなかで生きるわたしたちがいくら賞賛しても足りないほどの精神力をよく表している。彼の強さの本質は野心と努力だけれど、そこには辛辣さとは正反対の優しさも含まれている。彼は人生の多くの時間を、どうしたら意味のある人生を送れるかという問題と格闘しながら過ごしたが、本書はまさにその本質的な領域を探っている。「いつのときも、見る人は語る人である」とエマーソンは書いている。「ともかくも、彼の夢は語られる。ともかくも、彼はそれを心からの喜びとともに出版する」。この本を書くということは、ポールという勇敢な見る人が語る人となって、死と誠実に向き合うことをわたしたちに教えてくれる機会となった。

家族と友人の大半は、ポールの研修期間が終わるころにわたしたちが結婚生活の難局をくぐり抜けていたことを本書が出版されて初めて知るだろう。けれどわたしは、ポールがそれについて書いてくれたことをうれしく思う。それはわたしたちについての真実であり、ポールとわたしの人生を再定義するものであり、ふたりの人生のもがきと救済、そして意味の一片だからだ。彼にくだされたがんという診断は、まるでくるみ割りのように殻を割り、やわらかくて滋養に富む結婚の実へとふたりを戻した。愛が丸裸になったあとのわたしたちは、彼の身体的な生存のために、わたしたちの感情的な生存のために、たがいにしがみついた。わたしたちはそれぞれの親しい友人にこう冗談を言った。ふたりの人間の関係を救う秘訣は、どちらかが末期患者になることだ。逆に言えば、末期の病を乗り切るこつは深く愛し合うことだと、無防備かつ親切かつ寛大になることだと、そして感謝の気持ちを忘れないことだとふたりとも知っていたのだ。彼の診断から数カ月後、わたしたちは教会の信徒席で並んで立ち、賛美歌『しもべの歌』を歌った。先の見えない未来と痛みに直面していたわたしたちには、ひとつひとつの言葉がそれぞれの持つ意味に打ち震えるように感じられた。「あなたの喜びと悲しみをあなたと分かち合います／この旅を乗り切るまで」

がんの診断を受けた直後、ポールはわたしに、自分が死んだら再婚してほしいと言ったけれど、病と闘いながらもわたしの未来を守ろうと懸命に努めてくれた彼の姿勢を、その言葉は象徴していた。家計についても、わたしのキャリアについても、母親業についても、わたしにとって最善の状況を確保することに彼は猛烈に打ち込んだ。一方のわたしは、彼の現在を守ろうと懸命に努力した。どんな症状も、どんな治療の影響も見逃さずに対処し、彼に残された時間を最大限に豊かにしようと努めた。それはこれまでの人生で最も大切な、わたしの医師としての仕事だった。彼の野心を支え、暗い寝室という安全な場所で抱き合いながら、彼がささやく恐怖に耳を傾けた。立ち合い、認め、受け容れ、なぐさめた。医学生だったころ、講義中に手をつないでいたときのように、わたしたちは離れることができなかった。化学療法のあとで外を歩きながら、彼のコートのポケットのなかで手をつないだ。暖かくなってからも、ポールは冬用のコートを着て帽子をかぶっていた。自分はけっしてひとりにはならないのだと、不必要に苦しむこともないのだと彼は知っていた。亡くなる数週間前に、家のベッドでわたしは彼に尋ねた。「こんなふうにわたしが胸に頭をのせていると、息が苦しくない？」。彼は答えた。「これ以外に、どう息をすればいいかわからないよ」。ポールとわたしがおたがいの人生の深い意味の一部になれたことは、これまでにわたしにもたらされた最もすばらしい恩恵のひとつだ。

ふたりともポールの家族から力をもらった。彼らは病気に立ち向かっているわたしたちを励まし、家族の新たなメンバーとなる子供の誕生に際して、わたしたちを支えてくれた。息子の病気という衝撃的な悲しみにもかかわらず、ポールの両親はいつも変わることのないなぐさめと安心を与えてくれた。ふたりは近所にアパートメントを借りて、何度もわが家を訪れた。義父はポールの足をさすり、義母は息子のためにココナッツチャツネを添えたインドのドーサをつくった。ポールは腰痛をやわらげるために両脚を台にのせ、ジーバンとスーマンと一緒にソファにもたれて、フットボールのプレーの〝シンタックス〟について語り合った。ジーバンの妻のエミリーとわたしはそばで笑い、ケイディといとこのイヴとジェイムズは眠っていた。そんな午後には、わが家の居間はまるで小さくて安全な村のように感じられた。それから少しのちにその同じ部屋で、ポールは執筆用の椅子に坐ってケイディを抱っこしながら、ロバート・フロストや、T・S・エリオットや、ウィトゲンシュタインの作品を読み聞かせ、わたしはそんなふたりの様子を写真に撮った。そうしたなんでもない瞬間には優雅さと美、そして、幸運すら満ちていた。幸運などという概念がそもそも存在すればの話だけれど。でもわたしたちはほんとうに、自分たちは幸運だと感じていて、そして、感謝の気持ちでいっぱいだった。家族に対して、コミュニティーに対して、機会に対して、娘に対して。究極の信頼と受容が必要なときに、それらがたがいに出会ってくれたことに対して。ここ数年の日々は苦しくて困難だったけれど、ときにはもうこれ以上は無理だと思えたけれど、その日々はまた、わたしの人生で最も美しく、最も意義深いものだった。毎日のように生と死のバランスと、喜びと痛みのバランスを保ちつづける努力をし、そして、感謝と愛のさらなる深みを知った。

彼自身の強さと、家族やコミュニティーのサポートを支えにして、ポールは病気のひとつひとつの段階と潔く向き合っていった。虚勢を張ることもなければ、がんを「克服する」とか「打ち負かす」とかいった誤った信念を抱くこともなく、ただ、正直に向き合った。その正直さゆえに、ずっと思い描いていた未来が失われたことを深く悲しんだけれど、それと同時に、新しい未来をつくり出すこともできた。診断を受けた日、彼は泣いた。わが家の洗面所の鏡に貼ってあった「残りの日々をずっとここであなたと過ごしたい」と書かれた絵を見ながら、泣いた。手術室で過ごす最後の日も、泣いた。自分をさらけ出して弱さを見せ、なぐさめられるがままにした。末期患者でありながら、彼は精いっぱい生きていた。体は衰弱していても、いつだって精力的で、率直で、希望に満ちていた。治癒という不可能な結末に対する希望ではなく、目的と意味のあふれた日々に対する希望に。

　本書のなかのポールのヴォイスは力強く、彼らしいものだけれど、どこか孤独でもある。でも本書の物語のとなりにはいつも、彼を取り囲む愛と、温かみと、広がりと、根本的な赦しがあった。わたしたちは誰もがいくつもの自己のなかに存在している。ここではポールは医師であり、患者であり、そして、医師と患者の関係性のなかに存在している。そんな彼が、かぎられた時間しか持たない、絶え間ない努力家の明瞭なヴォイスでこの本を書いた。でもポールはほかの自己のなかにも存在していた。本書のページ上に完全にはとらえられていないのは、ポールのユーモアのセンスや、優しさや、思いやりや、友人や家族との関係を彼がいかに大切にしていたかという点だ。実際、彼はとんでもなく面白い人だったのだ。でもこれは彼の書いた本であり、この時期の彼のヴォイスであり、彼のメッセージであり、書かずにはいられなかったときに彼が書いたものだ。実のところ、わたしがいちばん恋しく思うのは、わたしが恋に落ちたときのくらくらするほど素敵で強靭なポールではなく、人生の最後の一年の、集中力を保ちつづけた美しい男性、そう、この本を書いていた、弱っていたけれどけっして弱くはなかったポールなのだ。

　ポールはこの本を誇りに思っていた。彼はまえに一度、聖書よりも詩のほうがなぐさめになると言ったことがあるけれど、この本はそんな彼の文学に対する愛の集大成だった。さらには、自分自身の人生から説得力のある、力強い、死とともに生きる物語を生み出す能力の集大成だった。二〇一三年の五月に、親友へのEメールで末期がんを告白したときに、彼はこう書いている。「うれしいことに、僕はもうすでにブロンテ三姉妹のうちのふたりと、ジョン・キーツと、スティーヴン・クレインよりも長生きしている。残念なのは、まだ何も書いていないことだ」。それからのちの彼の旅は、転換だった。ひとつの情熱的な仕事から、もうひとつの情熱的な仕事への、夫から父親への、そして最後には、言うまでもなく、生から死への、わたしたち全員を待ち受けている転換だった。彼がこの本を執筆していた期間を含めて、そんな旅のあいだじゅうずっと彼のパートナーでいられたことをわたしは誇りに思う。本書を書いていたおかげで、彼は最後まで希望を持ちつづけることができたし、本書のなかで彼が力強く描いているように、目に見えない力と機会の繊細な魔法に守られていた。

ポールの遺体は柳細工の棺に納められ、サンタクルーズ山地の野原の端に埋葬された。ハイキングや、シーフード・パーティーや、誕生日のカクテル・パーティーなどの思い出がちりばめられた海岸線と、太平洋が見渡せる場所だ。その二カ月前、一月の暖かな週末に、わたしとポールはケイディのぽっちゃりした両足を下のビーチの海水に浸した。亡くなったあとの遺体の運命についてポールからとくに希望はなく、どうするかはわたしたちに委ねられていた。わたしたちはいい選択をしたと思っている。ポールのお墓は西を向き、そこからは八キロにわたる緑の稜線と、その向こうの海が見える。彼のまわりには野草と針葉樹と黄色いトウダイグサに覆われた丘がある。そこに坐ると、風の音や、小鳥のさえずりや、シマリスが動きまわる音が聞こえる。ポールは彼なりのやり方でここにたどり着いたのであり、起伏の多い、名誉に包まれたこの墓地は彼という人物に値する、皆に値する場所だという気がする。わたしの祖父が好きだったお祈りの言葉を思い出す。「われわれはそれとは気づかぬうちにのぼっていき、永遠の丘の頂にたどり着く。冷たい風の吹く、光り輝く景色の頂に」

けれど、ここはいつも楽な場所というわけではない。なにしろ天気が気まぐれなのだ。ポールが埋葬されているのは丘の風上側のため、わたしが訪れるときには、焼けつくような陽射しが降り注いでいることもあれば、霧に包まれていることもあり、寒いことも、肌を刺すような雨が降っていることもある。のどかな場所であると同時に厳しい場所でもあり、他者と分かち合う場所でありながら孤独な場所でもある。死や、悲しみと同じように。でも、そこにはいつも美がある。これでいいのだとわたしは思う。

わたしたちが新婚旅行で訪れたマデイラ島のワインを持って、わたしは彼のお墓にたびたび足を運び、そしていつも、ポールのために草の上にワインを注ぐ。ポールの両親と兄弟が一緒のときは、みんなでおしゃべりをしながら、まるでポールの髪をなでるみたいに草をなでる。お昼寝のまえにお墓を訪れると、ケイディは毛布の上に寝転がって流れる雲を眺めたり、わたしたちが供えた花をつかんだりする。ポールの追悼式のまえの晩、わたしと兄弟たちは彼の古くからの親しい友人たち二〇人と一緒にここに集まり、そして、ふんだんにウイスキーを注いだ。草をだめにしたのではないかとふと不安になるくらいに。

チューリップ、ユリ、カーネーションなどの花を手向けて帰ったあと、ふたたびお墓を訪れると、花の部分だけが鹿に食べられていることがよくある。それはどんな使い途にも劣らないほど素敵な、ポールが喜びそうな花の使い途だ。土はすぐに虫に耕され、自然はたゆみなく前進していく。ポールが目にしたことを、そして、わたしの骨身に深く沁み込んでいることを、そんな自然の姿は思い出させてくれる。生と死がいかにほどけがたいかということを。ほどけがたいにもかかわらず、いや、ほどけがたいからこそ闘い、そして人生の意味を見いだすことができる、わたしたちの能力を思い出させてくれる。ポールに起きたことは悲劇的ではあったけれど、ポール自身は悲劇ではなかった。

　ポールが亡くなったあとには、身を切られるような悲しみと虚しさしか感じないだろうと思っていた。この世を去った誰かを生きているときと同じように愛せるなんて思ってもみなかった。体を震わせてうめかずにはいられないほどの重い悲しみをときに感じながらも、以前と変わらぬ愛と感謝を抱きつづけられるなんて。ポールは逝ってしまい、わたしはほとんど絶え間なく恋しさに襲われるけれど、それでもなぜか、彼とともにつくりあげた人生を自分は今も生きているのだと感じる。C・S・ルイスは書いている。「離別は結婚の愛が途上に中断されるのではなくて、たとえば蜜月のような、かねておきまりの階梯の一つだ……わたしたちが欲するのは、結婚を、立派に、忠実に、その段階をもまた生きぬくことだ」。わたしたちの娘の世話をし、家族との関係を育み、この本を出版し、やりがいのある仕事を続け、ポールのお墓を訪れ、悲しみ、彼を尊敬し、踏ん張る……こんなふうにして、わたしが予想もしなかった形で、わたしの愛は続く。生きつづける。

ポールが医師として生き、そして患者として亡くなった病院を眺めながら、もし生きつづけていたならば、彼はきっと脳神経外科医として、そして脳科学者として偉大な貢献をしていたにちがいないと思った。彼はきっと、人生における最も困難な時期にある患者と家族を数え切れないほど救ったはずだ。なんといってもそれこそが、ポールが脳神経外科という仕事に惹きつけられた理由だったのだから。彼は善良で、思慮深い人であり、ずっとそうありつづけたはずだ。けれど今ではこの本こそが、彼が人を助けることのできる新しい手段であり、彼だけができる貢献だ。この本が彼の死や、わたしたちの喪失の痛みを軽くすることはないけれど、ここに描かれている奮闘のなかにポールは意味を見いだしたのだ。彼はこう書いている。「けっして完璧にはたどり着けないが、かぎりなく完璧に近づく漸近線が存在すると信じることはできる。自分はそこに向かって絶え間なく奮闘しているのだと信じることはできる」。それは厳しく辛い仕事だったけれど、彼は絶対にひるまなかった。これが彼に与えられた人生であり、この本こそが、彼が自分の人生からつくり出したものなのだ。*When Breath Becomes Air* はそのままで、完成している。

ポールの死の二日後に、わたしはケイディに宛てて日記にこう書いた。「誰かが亡くなると、人々はその人について偉大な言葉ばかり並べる傾向にある。でも、みんなが今、あなたのお父さんについて言っているすばらしい言葉は全部、真実だということを知っていてほしいの。お父さんはほんとうに、それほどいい人で、それほど勇敢な人だったのよ」。ポールの目的について考えていると、わたしはよく『天路歴程』から引用された賛美歌の歌詞を思い出す。「まことの勇をみむとなら、／ここへ来させよ、その人を、……／空しき想遁げ失せよ、／彼は恐れず、人言《ひとごと》を。／彼は日夜につとむべし、／巡礼となる労役を」。死を真正面から見据えるというポールの決意は、人生の最後の数時間に彼がどんな人間だったかを証明していただけでなく、彼という人間がずっとどんな人間だったかを証明していた。ポールは長いあいだ死について考えていた。さらには、死と誠実に向き合えるかどうかについて。最終的に、その答はイエスだった。

わたしは彼の妻であり、証人だった。

謝辞

ポールのエージェントの〈ウィリアム・モリス・エンデヴァー〉のドリアン・カークマーに感謝を捧げたい。彼の熱心な支援と指導のおかげで、ポールは自分には重要な本が書けるのだという自信を持つことができた。ポールの編集者の〈ランダムハウス〉のアンディ・ワードにも謝意を表したい。彼の決断力と、見識と、編集の才能に惹かれて、ポールはぜひ一緒に仕事がしたいと望み、彼のユーモアのセンスと思いやりに触れて、ぜひ友人になりたいと望んだ。ポールが自分の死後に本書を出版してほしいと家族に頼んだときに（それは文字どおり、彼の遺言だった）必ず実現させるとわたしは約束することができたけれど、そう言えたのも、わたしたち家族がドリアンとアンディを信頼していたからだ。当時、原稿はまだポールのコンピュータのなかのオープン・ファイルでしかなかったのだが、ふたりの才能と献身のおかげで、ポールは自分の言葉がいずれ世に出ることを、そして、この本をとおして、娘が自分という人間を知るのだということを確信しながら逝くことができたとわたしは信じている。深い悲しみに沈んでいたわたしに快く会ってくれ、エピローグの書き方の指導を引き受けてくれ、作家のなんたるかを、なぜ作家は書くのかを、ポールのように教えてくれたエミリー・ラップにも感謝を伝えたい。本書の読者を含め、わたしたち家族を支えてくれたすべての人々にも。そして最後に、肺がんの撲滅キャンペーンや研究を前進させ、進行した肺がんですら長期生存が望める病気にしようと日々たゆみない努力を続けている運動家や、臨床医や、科学者の方々にお礼を申し上げます。

訳者あとがき

二〇一四年一月、《ニューヨーク・タイムズ》紙に「私にはあとどれくらいの時間が残されているのだろう」と題したエッセイが載った。執筆者はエッセイのなかで、自らの末期がんを告白しており、余命が不確かななかでどう生きたらいいかわからずに葛藤しながらも、やがて前を向き、仕事に復帰する決意をするまでの経緯を綴っていた。その執筆者とは、スタンフォード大学で脳神経外科のレジデントをつとめる、三六歳のポール・カラニシだった。

エッセイの最後はこんなふうに締めくくられている。

> がんと診断されてからちょうど八カ月が経った。体力はずいぶん回復した。治療の効果があって、がんは縮小してきている。私は徐々に仕事に復帰している……以前よりも執筆がはかどっているし、より多くを見て、より多くを感じている。

毎朝、五時三〇分に目覚まし時計が鳴ると、私の体は死から甦る。隣には妻が寝ていて、私はまた思う。「続けられない」。でも一分後には手術着を着て、手術室に向かっている。私は生きている。「続けよう」

エッセイの評判はすぐに口コミで広がり、カラニシ医師のもとには共感や感動、そして感謝を伝える何千通ものEメールが届いた。その後、彼はNBCテレビの取材を受けていて、インタビューの様子はNBC Bay Areaのウェブサイトで見ることができる（http://www.nbcbayarea.com/news/local/Renowned-Stanford-Neurosurgeon-Paul-Kalanithi-Dies-at-37-295835171.html）。画面に映る白衣姿の彼は知的な表情を浮かべ、穏やかな口調でインタビューに答えている。「自分の個人的な体験がこれほど多くの人の共感を呼んだことは驚きでしたし、そしてまた、すばらしい経験でした」と語るその姿は、末期の病におかされているとは思えないほどに健康そうだ。しかし、がんはしだいに彼の体を蝕んでいき、エッセイが掲載されてから約一四カ月後の二〇一五年三月九日、ポール・カラニシは三七年の生涯を閉じた。

彼はエッセイのなかで執筆に触れているが、そのとき彼が書いていたのが、医師として、そして患者として死すべき定めに向き合った経験についての回想録である本書

『いま、希望を語ろう（原題 *When Breath Becomes Air*）』であり、上記のエッセイも一部改変されて収められている。彼の死後、二〇一六年一月に本書が出版されると、驚異的な売り上げを記録し、有名紙誌で絶賛され、現在もベストセラーランキングの上位に名を連ねている。Amazon.com には二〇一六年一〇月現在、四五〇〇を超えるレビューが寄せられているが、そのほとんどが五つ星であり、それらひとつひとつを読むだけで、人々の心がいかに揺さぶられたかが伝わってくる。

本書の構成について

本書のプロローグは、著者が一連のＣＴ画像を見ている場面から始まる。彼の訓練された目は、腫瘍が肺全体に広がり、脊椎が変形し、肝臓の一葉全体ががんに取って代わられているという所見を見逃すことはない。診断は明らかだった。全身に転移したがん。似たような画像ならこれまでにいくつも見てきたが、今回の症例はいつもとちがっていた。それは彼自身の画像だった。

「すべてを手にした男」という言葉は、三六歳のポール・カラニシのためにあるはずだった。彼はもうすぐ研修を終え、脳神経外科の教授という夢の仕事を手に入れるはずだった。内科医の妻ルーシーとのあいだに子供をもうけ、思い描いていたとおりの家庭生活を始めるはずだった。彼は書いている。「三六歳にして、私は山の頂にたどり着いていた。そこからは……約束の地が見えた」。でも今では、末期の病だけでなく、アイデンティティの危機にも直面していた。自分が医師として働いていた病院で、いきなり医師の立場から末期患者の立場へと突き落とされた、途方もない苦痛に満ちた瞬間を彼はこう描いている。

初対面の若い看護師が顔を覗かせた。
「もうすぐ先生がいらっしゃいます」
その言葉とともに、私が思い描き、努力を重ね、あと少しで実現するところだった未来が消滅した。

こうして締めくくられたプロローグの続きは、本書の後半、第二部に書かれている。でもその前にまずは第一部で、私たちは病気になる前の彼の人生を辿ることになる。アリゾナ州の小さな町キングマンでの少年時代を経て、スタンフォード大学で英文学の学士号と修士号、そしてヒト生物学の学士号を取得し、ケンブリッジ大学で科学および医学の歴史・哲学を学んだあと、イェール大学メディカル・スクールでの医学生時代を経て、志の高い脳神経外科のレジデントであるポールへと続く旅だ。

医師の父を持ちながらも、文学に魅せられ、医師にはならないと思っていた青年がなぜ、医師を志すようになり、最終的に、医学の分野のなかでも最も過酷といっていい脳神経外科にたどり着いたのか。そこには、死について理解したいという彼の一貫した欲求があった。彼は思う。脳神経外科という分野こそが人生の意味と死への最も直接的な対峙をもたらすにちがいない。そして実際にレジデントとなった彼を待っていたのは、想像を絶するほど過酷な日々だった。

第一部は、ナイーブな文学青年が脳神経外科医となり、さまざまな患者との出会いをとおして、医師として、人間として成長する物語であり、理想と現実、患者への共感と医師としての客観とのあいだで揺れ動く心理や、人生の意味についての考察が、著者らしい言葉で丁寧に語られる。さまざまなエピソードを交えながら臨場感たっぷりに描かれる医学実習や脳神経外科の研修生活は、それだけでひとつの読み物としての魅力をそなえている。

第二部はがんの診断から治療、仕事への復帰、がんの再燃、そして、父親となるまでが綴られている。

末期がんを患っていることが判明してしばらくのあいだは、残された時間がわからないという不確かさが彼を無気力にし、何をしようとしても、死の影がその意味を覆い隠しているように感じられた。でもやがて彼は、死を待つのはやめにして、生きることに集中しようと決意する。妻と話し合って子供を持つことに決め、懸命なリハビリを続けて仕事に復帰する。幸いなことに、分子標的治療が功を奏して体力も回復し、やがて全盛期と同じスピードで手術ができるようになり、長期生存を夢見はじめたころに待っていたのは、がんの再燃という残酷な現実だった。しかし、彼が歩みを止めることはなかった。事実を静かに受け容れ、家族の愛に包まれながら、最期まで歩きつづける。「カメのようにとぼとぼ」。でも、確かな足跡を残して。

著者は本書を完成させる前にこの世を去った。しかし、妻のルーシーが彼からバトンを受け取り、この上もなく美しいエピローグを書いて、本書を完成させている。エピローグには彼の最後の数日と、緩和ケアへの移行、そして死について書かれているとともに、著者の人となりや、家族との関係、そしてなによりも、生まれたばかりの娘と過ごしたかけがえのない時間について、彼を支え、励まし、ともに闘い、泣いた妻の視点から情感豊かに語られる。著者の魅力や人間味が余すところなく伝わってくるこのエピローグを最初にお読みになることも、ぜひお勧めしたいと思う。

患者を導く医師たちの言葉

この本を初めて読んだときの胸の震えが忘れられない。読んでいるといつのまにか涙があふれてきた。先が気になってページを繰る手が止まらなかったのだが、それと同時に、ページの残りが少なくなるのが残念で、最後には、親しい友人を失ったような気がした。とはいえ、本書はけっして感傷的には書かれていない。著者はそのときどきの自分の心を客観的に見つめて、どこまでも率直に言葉に表している。患者としての自分の心の動きを、医師としての彼と、そして哲学的思考の持ち主である彼が記録しているのだ。それは深い洞察に満ちた、ときに詩的で美しい言葉であり、そのひとつひとつが読む者の心を打つ。

仕事でお馴染みだった死が、今では私のもとへ個別に訪れていた。私は今、ついに死と正面から向き合っていたが、それのどこにも見覚えはなかった。私は交差点に立っていた。長年のあいだ自分が治療してきた数え切れないほどの患者の足跡が、そこから見えるはずだった。それを辿っていけばいいはずだった。だがまるで、見覚えのある足跡を砂嵐が残らず消してしまったかのように、見えるのはただ、なんの道しるべもない、荒涼とした、ぎらぎら光る白い砂漠だけだった。

でもやがて、彼はこの交差点から歩きだす。それは簡単なことではなかったのだが、その際に彼の導き手となってくれた人がいた。主治医で腫瘍医のエマだ。ここでは、エマについて触れたいと思う。

本書を訳しながら、私たちのアイデンティティとは、この先も長く生きられるという見通しとどれほど密接に結びついているのかを痛感させられた。そうした見通しが突然なくなったとき、おまけに、自分にあと何年、何カ月、残されているかわからなくなってしまったとき、彼はアイデンティティの危機に陥った。「一日一日を大切に生きればいいのだということはわかっていても……その一日をどう過ごせばいいのだ？」。そんなとき、彼を導いてくれたのがエマだった。エマは統計学的数値には絶対に触れようとせず、そのかわりに、手術なんてもう二度とできないと思っていた彼に、手術をすることも可能なんだと、自分にとって何がいちばん大切か見つけなければならないと繰り返し言ってくれた。彼は書いている。「エマは私にかつてのアイデンティティを取り戻してくれたわけではなかった。新しいアイデンティティをつくり出す能力を守ってくれたのだ」。そうしたエマの姿勢は、末期の病を患い、道に迷っている患者と医師のかかわり方について多くを教えてくれる。

最期まで希望を

「末期がんというのは、死を理解したいと願いつづけてきた若者にとっての完璧な贈り物ではないのか？」。著者は自らの運命について、皮肉めかしてそう書いている。でも、彼が自己憐憫に陥ることはなかった。自分に突きつけられた死を、目をそらすことなく吟味し、死と格闘し、そして、死を受け容れた。病気のそれぞれの段階で目標を変えながら、最期まで希望を（まちがいなく希望と呼べるものを）持って、精いっぱい生きた。痛みと闘いながら手術をこなし、がんが進行して手術ができなくなると、今度はこの本の執筆に集中した。まさしく、残されたエネルギーの最後の一滴まで振り絞って、本書は書かれたのだ。正直、読みながら何度も、そんなにがんばらなくても……と声をかけたくなった。でも彼にとって、「奮闘しない命を描くことは、縞模様のない虎を描くのと同じ」であり、「最も楽な死が必ずしも最良の死では」なかった。思うに、奮闘することは彼にとって、自分の生き方を貫くことであり、人生の物語の著者でありつづけることだったのだろう。

娘に、読者に宛てたメッセージ

本書は娘ケイディに捧げられている。子供を持つかどうか、夫婦はずいぶん迷った。夫は妻を気遣い、妻は夫を気遣った。子供と別れなければならないせいで、死ぬのがもっと辛くなるのでは？　という妻の心配に対して、著者はこう答える。「だとしたら、すばらしいじゃないか」。著者らしい言葉である。そして第二部の最後は、衰えゆく自分の傍らで毎日すくすくと育っていく小さな娘に宛てた、父からの感動的なメッセージで締めくくられている。それが、ポール・カラニシがこの世に残した最後の言葉となった。

＊＊＊

ルーシーが記しているとおり、彼は人々に死を理解してほしいと、さらには、自らの死すべき定めに向き合ってほしいと願って本書を書いた。第二部の冒頭には、モンテーニュの『エセー』からの引用——人に死ぬことを教えることは生きることを教えることであろう——があるが、彼はまさしく、死にゆく自分について書くことで、私たちに生きることを教えてくれたのだ。そして、最期まで希望を持って人生を完結させることは可能なのだ、と。ひとりでも多くの方が、彼から特別なメッセージを受け取ってくれることを願う。

二〇一六年一〇月

引用文献一覧

本書に登場する書籍からの引用については、次の翻訳を参照した。
一部、文脈に応じて翻訳しなおした箇所もある。

プロローグ

p. 12　ウェブスターは死にとりつかれていて……
T・S・エリオット「霊魂不滅の囁き」（『荒地』岩崎宗治訳、岩波文庫）

第一部

p. 32　主の手がわたしの上に臨んだ。……
「エゼキエル書」37 章 1 ～ 3 節（『聖書　新共同訳』共同訳聖書実行委員会訳、日本聖書教会）

p. 67
シャーウィン・ヌーランド『人間らしい死にかた——人生の最終章を考える』（鈴木主税訳、河出文庫）

p. 75　神が結び合わせてくださったものを、人は離してはならない
「マタイによる福音書」19 章 6 節（『聖書　新共同訳』）
「マルコによる福音書」10 章 9 節（『聖書　新共同訳』）

p. 80　ある日、生まれた。……
サミュエル・ベケット『ゴドーを待ちながら』（安堂信也・高橋康也訳、白水社）

第二部

p. 138　もしも私が著述家であったら……
ミシェル・ド・モンテーニュ「哲学をきわめるとは死ぬことを学ぶこと」（『エ

セー1』原二郎訳、岩波文庫）

p. 146　半可通の学識は危険なことこの上もない……
アレグザンダー・ポウプ「批評論」（阿部知二訳、『世界大思想全集 哲学・文芸思想篇21』河出書房新社）

p. 171-172　ぼくの族のまだ創られていない意識を……
ジェイムズ・ジョイス『若い芸術家の肖像』（丸谷才一訳、新潮文庫）

p. 173　続けられない。続けよう
サミュエル・ベケット『名づけえぬもの』（安藤元雄訳、白水社）

p. 192-193　イエスは答えて言われた。……
「ヨハネによる福音書」4章13～15、31～33節（『聖書　新共同訳』）

p. 198　こうして、種を蒔く人も刈る人も、共に喜ぶのである。……
「ヨハネによる福音書」4章36～38節（『聖書　新共同訳』）

p. 200　だが、背後の冷たい風の中、ぼくの耳に聞こえる……
T・S・エリオット「火の説教」（『荒地』）

p. 206　気紛れな悪戯児の目に留った夏の虫
ウィリアム・シェイクスピア『リア王』（福田恆存訳、新潮文庫）

p. 218　ダミヤタ——船は従った……
T・S・エリオット「雷の言ったこと」（『荒地』）

エピローグ
p. 232　愛する人よ　あなたは二つの遺産を残した……
エミリ・ディキンスン「愛する人よ　あなたは二つの遺産を残した」（『自然と愛と孤独と』、中島完訳、国文社）

p. 237　四月は最も残酷な月……
T・S・エリオット「死者の埋葬」（『荒地』）

p.257　離別は結婚の愛が途上に中断されるのではなくて……
C・S・ルイス『悲しみをみつめて』（西村徹訳、新教出版社）

p. 259　まことの勇をみむとなら……
ジョン・バニヤン『天路歴程』（竹友藻風訳、岩波文庫）

いま、希望《きぼう》を語《かた》ろう
末期がんの若き医師が家族と見つけた「生きる意味」
2016年11月10日　初版印刷
2016年11月15日　初版発行
＊
著　者　ポール・カラニシ
訳　者　田《た》中《なか》　文《ふみ》
発行者　早川　浩
＊
印刷所　精文堂印刷株式会社
製本所　大口製本印刷株式会社
＊
発行所　株式会社　早川書房
東京都千代田区神田多町2－2
電話　03-3252-3111（大代表）
振替　00160-3-47799
http://www.hayakawa-online.co.jp
定価はカバーに表示してあります
ISBN978-4-15-209647-0　C0098
Printed and bound in Japan
乱丁・落丁本は小社制作部宛お送り下さい。
送料小社負担にてお取りかえいたします。